講談社文庫

銀行狐

池井戸 潤

講談社

目次

金庫室の死体 7
現金その場かぎり 83
口座相違 119
銀行狐 171
ローンカウンター 255
解説 村上貴史 314

銀《ぎん》行《こう》狐《ぎつね》

金庫室の死体

1

激しく肩を叩く驟雨《しゅうう》に手をかざしながら、小松与一は先陣を切って目指す建物に駆け寄った。大田区上池台一丁目、中原街道と環状七号線がぶつかる交差点に建つ空きビル。正面入り口に降りたシャッターには、巨額損失が発覚して最近破綻した城南相和銀行の赤色ロゴと長原支店という文字が見える。廃店となった建物のショーウィンドウには、無謀なレートで顧客を集めたと指弾された定期預金のポスターの中で人気女優がどこか空虚な微笑を浮かべていた。

通用口は建物の向かって左手。頑丈な鉄扉《てっぴ》に駆け寄ると、前をガードしていた制服警官が開けた。地下へ向かう急な階段を蛍光灯が照らしている。わざと迷路のように作ったとしか思えない通路をジグザグに駆け抜けると、一階のフロアに出た。

人と物との間をすり抜け、鑑識の邪魔にならないよう、半分ほど開いた大金庫の扉へ近づいていく。フロアに立ったとき気づいた異臭は次第に強烈になり、まるで周囲の空気が歪むほど漂っている。白い手袋をした右手で息が苦しくなるほど口を押さえ、金庫室内へ入ると、そこに異様な光景がひらけていた。

四囲を天井まで埋める鉄匣《てっこう》。がらんとした床には灯油を入れるような一斗缶が六本、無造作に置かれている。簡易バッテリーの立てる振動を伴う音と眩しいほどの照明灯が、缶の腹を細長い銀色に反射させていた。

「いいかな」

側にいた鑑識に一声断り、小松は缶の一つを覗き込んだ。瞬間、目が合っちまった、と思った。黄色く濁《にご》った半透明の液体の中を浮いている老婆の頭部。その顔が小松を見上げていたのだ。缶の縁に半ばへばりつき半ば沈んでいる髪が腐りかかった海草のように顔の周辺を埋めている。

反射的に上体を起こした小松を顔見知りの鑑識が見ていた。

「死後、どのくらいだ」

「一ヵ月というところか」

「石油か？」

缶から、つんと鼻に来る刺激臭が漂っていた。

「おそらくな。燃やそうと思ったんだろう。放火のほうは思い止まったらしい」

「六缶で一人か」

ひどい言い草だと自分でも思いながら、念を押す。そうだ、という鑑識の言葉を背中に聞きながら金庫室の外に出た小松に、到着を聞いた所轄の防犯課長が歩み寄ってきた。

簡単な挨拶の後、その場で第一回捜査会議を一時間後の午後五時と決める。前後して到着した城南相和銀行の担当者から支店の使用状況について詳しい話を聞いた。相手の男は、加木屋《かぎや》誠吾といい、歳は四十過ぎ。「清算管理部」の名刺を持っていた。大半の行員が解雇された後も銀行の敗戦処理係として残留している一人だ。

肩幅の広いがっしりした体格の男で、ぬっと立った様はクマが二足歩行をしているような印象だ。勤めていた銀行は破綻し、さらに殺人事件まで抱え込んだ加木屋は世の中の不幸を全て背負い込んでしまったような顔をして、深々と小松に頭を下げた。

「長原支店の担当をしております」

ほとんどの行員が解雇された城南相和銀行だが、営業エリアの推進を担当していた行員など少数だけが残って残務整理に当たっているという話だった。破綻前の加木屋はたったひとりで長原支店を含む十ヵ店ほどの営業指導に当たっていたという。それが転じていまは残務処理係というわけだ。

加木屋によると、銀行の清算は七月末。営業はその一ヵ月前の六月末に終了したが、残務処理のためなど、必要に応じて行員の出入りがあったはずだという。この支店に勤務していた行員はその後、全員が解雇となっていた。

犯人の侵入経路が最初のポイントとなったが、支店内をくまなく探した結果、破損などの異常が認められる場所はなかった。一斗缶は、庶務行員室にあった石油ストーブに使うためのものを冬に買い置きしたものだ。それは一斗缶に印刷されていた燃料店に問い合わせてみてすぐにわかった。まとめて買えば安くなるという話だったが、銀行が破綻することがわかっていたらたぶん買わなかっただろう、と小松は思った。

支店に入るにはひとつきりの通用口を使うしかないが、ここの鍵は店舗の売却を依頼している不動産会社が保管しているという。第一発見者はその不動産会社の社員だ。

「銀行が清算になってから、一店舗ずつ点検して回っていたんです」

その若い社員は青ざめた表情で語った。

「通用口の鍵は変えてなかった？」

「ええ、銀行から預かったままです」

社員はその鍵を一本持っていた。もう一本、スペアが会社にあるという。

「すると犯人は、それとは別の合い鍵を使ったことになりますね。どうやったんだろう。行員なら作れたのかな」

小松は隣にいた加木屋にきいてみる。「作ろうと思えば出来ないことはないと思いますが……」

「スペアを作ることはよくあるんですか」

破綻銀行だから過去形にすべきだろうか。小松にはそのどちらとも判じかねた。

「ありません、そんなこと。それに、今回は特別ですから」

「特別……」

銀行の経営が通常の状態であれば、スペアを使って時間外に入れば防犯ベルが鳴る。だが、清算が決まり、重要書類や金目のものを合同書庫へ移設してからは警備会社との契約も打ち切ってしまっていたという。つまり、合い鍵があれば自由に出入りできたということになる。

「この建物に最後に入った者が誰かもわからないわけですか」

「支店長が七月三十日に支店の施錠を確認する作業をしていますが――」

加木屋の話ですぐに長原支店長だった男に連絡をとった。男は高橋義男といい、現在は自宅のある所沢に近い中小企業に勤めていた。支店内の戸締まりを見回ったときには金庫内も覗き異常が無いのを確認した、と高橋はいった。口振りがどこか迷惑そうなのは、もう前職のことでとやかく言われるのはごめんだという気持ちの表れなのだろう。

「とりあえず、長原支店に勤務していた方のリストを頂けますか。なんせこういう状況ですから……」

元行員を疑わざるを得ない、という最後の言葉は濁して加木屋に協力を依頼する。ここに勤務していた行員の人数は決して多くないはずだ。

「それと、長原支店でトラブルがあったという話は聞いていらっしゃいませんか」

「いいえ、そんな話は」

加木屋は首を横に振る。「まったく、最後の最後というときに……」

苦々しく呟いた加木屋に、小松は、お気の毒ですね、という言葉を呑み込んだ。本当に気の毒なのは私だ、そう一斗缶の中から無言の抗議が聞こえた気がしたからだ。それは素性も名前も分からぬ老婆の声だった。

2

その身元が割れたのは、事件発生翌日の夜だった。

安永《やすなが》登志子、七十一歳。検死報告の年齢をもとに、城南相和銀行長原支店の顧客リストから該当する人物を地取り班が洗ったところ、安永が浮かび上がってきたのだった。

住所は上池台二丁目、独居老人で近所に親戚もいないため、捜査願いも出ていなかった。

検死の結果、殺害されたのは七月下旬から八月上旬。見回ったとき異常がなかったという元支店長の言葉を信用すれば、犯行は八月に入ってからということになる。支店の二階応接室及び金庫室内から広範囲にルミノール反応が出たことなどから、犯人はそこで被害者を殺害、一階金庫室内でばらばらにしたと推測された。

死体の状況から、首を絞められて殺害されたと思われた。足のつきやすい銀行の支店が現場になったことからも、衝動的犯行かも知れなかった。

現場は交通の要所にあるから、人目を避けて死体を運び出すのは至難のわざだ。結局、犯人は死体をバラバラにし、石油を入れた一斗缶に浸けたまま放置したことになる。

燃やすのを思いとどまったのは、火災になればその時点で犯行が明るみに出て、アリバイに困ると気づいたからではないか。

一方、発見が遅れれば犯行時間の特定も曖昧《あいまい》になり、アリバイの無い犯人に有利になる。

この犯罪には偶然と巧緻《こうち》な読みとが織り混ざっている。

「銀行に被害者の資料があるはずだ」

会議の後、被害者の周辺捜査の担当となった小松は、相方に指名された田園調布署防犯課三年目の花山寛《ひろし》という若い刑事に耳打ちした。若干生意気だが、ひょうひょうとしたところが憎めない長身の男だ。所轄の防犯課長に優秀な奴をつけてくれ、と頼んだ結果だが、この男のどこが優秀なのか見てくれからはさっぱりわからなかった。

花山は無言のままうなずき、机の上を綺麗《きれい》に片づけてから後を追ってくる。学生時代、柔道で鍛えた小松のがっしりした体格と比べると、神経質そうな線の細さが頼りなげだ。

行き先は五反田にある城南相和銀行本部。二人は会議場となっている大部屋を出ると署の前からタクシーを拾った。午後八時を回っているが、破綻銀行の居残り組ならばまだ残業をしている時間だ。

タクシーの後部座席に掛け、小松はカバンから出した捜査ノートのページをめくる。昨日、小松ら捜査一課が駆けつけた直後、血相を変えて飛んできた加木屋の名刺がそこにホチキスで留めてあった。

派手さはないが実直そうな男。勤め上げた銀行が清算される惨めさを表には出さず、責任感のある態度で小松の聴取を受けたことに密かに好感を持った。

捜査員は、地割りによる地取り捜査班と被害者の人間関係を洗う敷鑑捜査班に分かれる。捜査を主導する立場にある古参の小松は後者に入っていた。城南相和銀行から提出された長原支店勤務の元行員リストは二十八名。その〝現在〟を追う捜査が並行して行われているところだ。

〝坊ちゃんのお守りよろしく〟と出掛けに小松をからかった同僚の言葉が耳に聞こえたか、花山は不機嫌な横顔を向けたまま押し黙っている。

「気にするな」

はっと顔を上げたが、花山は何もいわなかった。硬くなった横顔は、殺人事件で本庁の警部と組まなければならなくなった巡り合わせの悪さを悔やんでいるようにも見える。車は五反田にある卸売センターの脇を抜け、山手通りで左折。しばらく行くと城南相和銀行本店の赤茶けた看板が見えてきた。

「お忙しいところ、申し訳ありません」

頭を下げた小松が案内されたのは小さな応接室だった。簡素なテーブルと、椅子が四脚だけの空間には、ただ殺風景という以上の寂寥感《せきりようかん》がある。小松は、被害者の身元が判明したことを告げ、銀行の取引データを見せてくれるよう、加木屋に頼んだ。

「どのくらい前からのものが必要ですか。永久保存の書類もありますから、期間を特定していただいたほうがいいでしょう」

三年前から、と申し入れる。金の動きがわかるもの、そしてもしあれば貸出関係の書類も、と言い添えた。それをメモして加木屋は部屋を出ていった。

それからきっかり二十分待たされた。

「貸出元帳で確認しましたが、安永さんに対する融資はありませんでした。預金だけです。普通預金と定期預金だけのお取引だったようですね」

小松は手近な資料をとって自分の前に置いた。二人で分担するほど、若い花山の能力を買いかぶるわけにはいかない。小松が見たものを花山が念のため、見る。全てに自分の目を通しておきたいという気持ちも強かった。

最初に目を通したのは普通預金に関する資料だ。被害者の安永登志子は城南相和銀行長原支店を主取引銀行としていたらしく、この預金口座には様々な生活資金が出入りしている。主たる生活資金である年金の入金、それに対して水道、電気、電話代などが引き落とされている。その合間に五千円や一万円といった小口の現金引き出しが頻発していた。

「必要になった都度、銀行に行ってたんですかね」

それまで黙っていた花山が口をきいた。硬化させた態度とは裏腹に、きちんと数字の意味を読んでいる。理由をどう思うか聞いた。

「手元にあると使ってしまうという人は結構います。自宅から銀行まで、七十過ぎの被害者の足でも徒歩十五分ぐらいでしょう。良い散歩でしょうね」

同じく慎ましい老人の生活を垣間見た気がしていた小松はうなずいた。特捜本部が入手した安永登志子の写真は、十年ほど前に親しい仲間達とつくったカラオケ同好会の集まりで撮った集合写真からトリミングしたものだった。そのときすでに登志子は夫に先立たれ一人住まいだったという。老人の一人住まいには名状し難い淋しさがある。

爪の先に火を灯す——資料を見ながら、ふと、そんな言葉を思い浮かべた小松だったが、普通預金に関する資料の最後の一枚を見終え、定期預金の取引明細へと目を移した途端、自分の勘違いに気づいた。

「おい」

振り向いた花山に資料の当該箇所を指でとんとんと叩いてみせる。花山からどうにもあやふやな声が洩れた。

「二億、ですか？」

花山は、「金額欄」に記載された数字のゼロの数を何度も数え直している。同じことを小松もやったばかりだ。間違いはなかった。

「ああ、二億だ」

視線をその数字に落としたまま腕組みした。

「資産家だったんだ、安永登志子は」

花山は呆れた口調になる。「それでこの質素な生活ぶりですか。誰に残すわけでもないでしょうに」

「性分なんだろうさ。金持ちの気持ちはわからんが、金があるから派手に使うというものでもないんだろうな」

言いながら、小松はふとその金額の左側にある日付に注意をひかれた。三年前のものだ。背筋にぞくっとする感覚を覚え、急いで資料の最後、つまり最新のデータをひとつ飛びに見る。

そして、あ、と声を上げた。

花山が目で問う。

見てみろ——と、指で同じ金額欄を指し示す。

今度は読み返す必要がなかった。

そこには、ゼロがひとつだけ転がっていたからだ。

「二億円は？」

花山の言葉より早く、小松の無骨な指先が不器用に資料のページを遡《さかのぼ》る。すぐに探していた取引は見つかった。

全額、引き出されていた。今から半年も前だ。

しばらくその数字を凝視していて考え込んだ小松は、席を外していた加木屋を内線電話で呼び出した。

「この定期預金の詳しい明細を知りたいんですが。入金伝票と出金したときの払い出し請求書、見せてください。探すのなら我々も同道します」

加木屋について部屋を出た小松と花山は、いったん本館を出て、同じ敷地内にある巨大な四角い倉庫を思わせる建物へと向かった。

「三階までがコンピュータ処理のオペレーションセンターで、四階から十階までが書庫になってるんです。――七階です」

エレベーターで当該フロアに降り立つ。巨大な倉庫だ。数メートルある天井にまで堆《うずたか》く積まれた段ボールが広いフロア一面を埋め尽くしている。その量は見ていて目が回りそうだ。

「こちらへどうぞ」

碁盤の目のように区切られた倉庫内を加木屋は迷うことなくぐんぐん歩いていく。やがてひとつの区画の前で立ち止まると、手近なところにあった梯子《はしご》を引き寄せた。

「ここが長原支店の割り当て場所なんです」

加木屋は、一つの段ボール箱を書架から下ろした。そして、もう一つ。段ボールの腹には書類の中味が記されていた。開けると、日付ごとに伝票が束になって綴《と》じられているのが見える。綴《つづ》りの表紙には「定期預金入金伝票」と手書きされていた。問題となった定期預金の作成年月のものをピックアップする。

「一月二十日作成、三ヵ月自動継続、二億円。これですね」

加木屋は伝票を読んで、それを小松に渡す。そのときには花山がもう一つの段ボールを開け、「払戻請求書」の束を取りだしていた。

「ありました。こっちは同年二月十五日——中途解約ですか？」

「中途？」

花山に言われて初めて気がついた。確かに、預入期間三ヵ月の定期預金であれば次の満期日は四月二十日になるはずだ。しかし、安永登志子の定期預金はわずか一ヵ月で解約されている。

小松も長年の経験で、金融絡みの犯罪について多少の知識はあるつもりだが、花山は金というものに対する独特のセンスを感じさせる。

「なんです、これは」

花山は伝票に押されたゴム判の意味を加木屋にきいた。

「外訪担当者の集金判ですね。店頭で手続きをしたのではなくて、行員が訪問して書類を預かってきたんでしょう」

それを聞いて小松はもっていたカバンから、コピーした行員名簿を取り出した。昨日、加木屋から提出を受けた長原支店勤務者二十八名の名簿だった。伝票に捺《お》されたゴム判には「竹村」という名字が入っている。

「竹村という方はお一人だけですね。竹村肇《はじめ》さん。所属は融資課となっていますが、安永さんに融資の取引はなかったとおっしゃいませんでしたか」

「これだけの資産家ですから、個人ローンでも売り込んでいたのかも知れません」

加木屋の説明にうなずきながら、花山は厳しい目でなおも手元の資料を見つめる。

「なんですか、これ」

伝票の下部に、赤インクで「現払」の文字がある。

「現金で支払ったということです」

「二億円もの金を？」

花山の指摘にプロである加木屋も少し首を傾げた。

「そういうことになりますね」

それにしても二億円とは金額が大きすぎるのではないか。小松が指摘すると加木屋は悔しそうに補足した。

「本当ならそうある取引ではありません。ですが、この当時、当行の業績が悪いという噂がすでに出ていて預金が急速に流出していたのも事実なんです。お客様の中には現金で欲しいという方は意外に多くいらっしゃるもので」

それなら被害者の安永は受け取った二億円をどうしたのか？

いや——、
小松はさらに考えを進めた。

そもそもこの二億円は被害者のもとに届けられたのだろうか？

「この現金が確実に安永さんの元に届けられたという証拠はありますか。受け取りがあれば見せてください」

「わかりました」

小松が何を疑っているか悟った加木屋は難しい顔でいった。

やがて加木屋が持ってきたのは「集金帳」という青い表紙の小冊子だった。表に「竹村」の印鑑が捺されている。

「これは銀行員が取引先で大切なものを預かったりするときに記入するものなんです。今回のような定期預金の解約であれば、通帳をお預かりするときにこれに記入して控えをお客様にお渡しし、後日解約返戻金をお届けしたときに、受け取りのサインをもらうことになっています」

なんの変哲もない手帳サイズのノートだが、冊数が管理されている重要書類なのだと加木屋は説明した。集金帳のページにはすべて番号がふられているが、これも紛失や不正取引の防止のためなのです、と加木屋は重々しくいった。ここまで気を使っているのだといいたいのだろう。ご苦労なことだ。

「解約の日付からすると、この辺りなんですが……ああ、あったあった」

加木屋はその集金帳の当該ページを探して、小松と花山に見せた。

「受け取り、ありますね」

覗き込んだ花山の言葉に小松も、「あるな」と渋々つぶやいた。

問題の「受け取り」欄は集金帳のページ下だ。

安永登志子のそれは、ミミズがのたくったような力のないサインだった。しげしげと見て、やっと名前が読めるほど形が崩れている。

日付は二月十五日だから解約された当日である。

「このサインが本物かどうか、確認できるもの、何かありませんか」

加木屋は少し考えていった。

「印鑑票がありますから、それでいかがですか」

「お願いします」

度重なる資料要請にも嫌な顔ひとつせず立ち上がった加木屋は、しばらくして黒いファイルを持って戻ってきた。印鑑票というのは定期預金の申し込み時に記載し、印鑑を捺す台紙のことだった。

その筆跡と集金帳の受け取りとを比べてみる。

花山が小松を振り向いた。

「筆跡、違いますよ、小松さん！」

瞬間、加木屋の表情が歪んだ。まさに痛恨の事実だ。

「たぶん、誰かが年寄りの文字を真似て書いたんだろうな」

小松はいった。

誰か――。

小松の頭に浮かんだ名前は、竹村肇だ。

「申し訳ないです」

誰にともなく加木屋が謝った。謝るのなら被害者に謝ってくれ。そう小松は思った。

3

翌朝、東中野駅から新宿に向かって右手に降り、商店街にそってしばらく歩くと左手に住宅街へ抜ける細い道路があった。地図で確認すると、隣接する新宿区との境あたりになる。

「ここですね」

徒歩十五分。花山が見上げたのは一階と二階に各四世帯が入っている小さなアパートだった。築年数はまだ浅そうだが、家賃はそれほど高そうに見えない。その二階、東端の二〇四号室が加木屋からきいた竹村肇の住所だ。

建物の脇にある階段を上り、部屋の前に立った。するとドアのノブにビニール袋に入った書類がぶら下がっていることに気づいた。ガス会社の案内だ。

「引っ越したのか」

腰をかがめ、郵便受けから中を覗いてみて、小松はいった。埃《ほこり》っぽいたたきの臭いが微かに鼻腔《びこう》を突いてくる。表に回って見上げた窓にはカーテンがなかった。

八時半になるまで待って公衆電話から城南相和銀行の加木屋に電話をする。

「竹村さんのアパートを見ましたが、引っ越した後ですね。申し訳ないですが、実家を教えていただけませんか」

電話が人事部に回り、再就職担当の男から告げられたのは千葉市内にある住所と電話番号だった。もし、竹村が千葉の実家にもどっていたとすると、午前中は竹村の話を聞くだけで潰れるだろう。そんなことを考えながら番号をプッシュする。

女性が出た。母親なのだろうか、年輩の落ち着いた声だ。小松は名前と所属を名乗り、少し伺いたいことがありますので、と竹村への電話の取り次ぎを頼む。殺人事件云々と詳細を電話で話す必要はない。

「肇ですか」

一瞬、沈黙があった後、硬い声で相手の女性は繰り返し、それから息をひとつ吸い込む。その瞬間、嫌な予感がした。刑事の直感。小松の背後をゴミ収集車が通り抜け、埃を舞い上げていく。

「肇は死にました」

ふと下を見た自分の革靴のつま先が擦《す》れて白くなっているのが見えた。古くなったな。そんなどうでもいいことが頭をかすめ、一拍遅れて言葉の意味が急速に脳に染み込んできた。

「亡くなられた?」

小松に背中を向け、恨めしそうにピーカンの空を見上げていた花山が体の動きをぴたりと止める。ふりかえった顔に、驚きの表情が張り付いていた。

母親から簡単な話を聞いた後、これからうかがいたいといって受話器を置いた。すぐに中野警察署へ電話をかける。

竹村肇は、八月初めに中央線中野駅のホームで轢死《れきし》していた。深夜十時過ぎ、泥酔し、混雑したホームからバランスを崩してホーム下に転落、入線してきた電車に轢《ひ》かれたという。当日は他の駅での人身事故や車両故障が重なり、大幅にダイヤが乱れて駅は人で溢《あふ》れ返っており、竹村は相当泥酔していたことがわかっていた。管轄の中野警察署では当初、事故と自殺の両面で捜査したが、自殺を証明する遺書も見つからなかったことから事故として処理したという。

事故で――。

額面通りに小松の脳裏に届いたわけではない。小松の中で、〝事故〟は〝事件〟という言葉に翻訳された。

資産家だった安永登志子が何者かに金庫室内で殺され、そして担当していた男は変死を遂げている。

偶然にしては出来過ぎだ。

「もし、竹村が犯人であれば、辻褄《つじつま》が合いますね」

早足で東中野駅まで歩きながら花山がいった。

「どういう辻褄だ」

多少苛立って、小松はきいた。

「竹村は被害者となんらかのトラブルを起こしていた。銀行の破綻で解決の見通しがたたない。そこで思いあまって被害者を殺し、自分は罪の重さに耐えきれず自殺したとは考えられませんか」

小松は黙った。花山のいうのも考えられないことではない。

「仮説です。あくまで」

「どんなトラブルだと思う？」

あまり速く歩きすぎて息があがった。若い花山は呼吸ひとつ乱れていない。年を取るということがひどく癪《しゃく》に障った。

「集金帳の受け取りは偽造だった。この事実からストレートに考えられるのは、現金の横領だと思います」

横領かどうかはわからないが、二億円もの現金が支払われていた事実は確かに違和感があった。

確かめればわかることだ。

千葉まで切符を買い、総武線に乗り込む。乗り換え無しで約一時間十五分。千葉駅から竹村の家までタクシーを飛ばして二十分ほどかかった。

そこは、表通りには面しているが商店街の外れにある小さな雑貨屋だ。三階建ての細長いビルで、一階店舗の奥に中年の女性が座っているのが見えた。

「先程、電話した警視庁の者ですが」

ズボンのポケットから警察手帳を見せると、女性は丁寧《ていねい》に頭を下げ二人を二階の居宅へと案内した。

「アパートから運び出した荷物は全てこの部屋に集めてあります」

六畳間に積まれた段ボール箱は十個ぐらいあるだろうか。アパートを見たときから独身だろうと見当はつけていたが、それにしても荷物の数は少ない。

「仕事関係の品が見たいのですが。手帳とか、あるいは日記とか」

竹村の遺品を調べる理由を聞かれ、ようやく殺人事件と明かした後だった。新聞報道で事件のことは知っていたかも知れないが、竹村克江は硬い表情をしたまま取り乱すことはなかった。

「日記はありませんけど、手帳なら」

克江は手近な段ボールの蓋《ふた》を開けた。

箱は衣装用にもなるような大型のもので、運送会社の名前が入っていた。克江の見ている前でその中味を捜索する。手帳はすぐに見つかった。黒革のシステム手帳だ。安物のボールペンが一本挟んであった。

「お預かりしてもよろしいでしょうか」

克江の承諾を得て、それを脇にどける。

「他の箱もざっと見たいのですが。一応、立ち会っていただけますか」

そういって花山と二人で段ボールの中味を片っ端から開けた。箱の中味で一番多かったのは本、あとは衣料品だ。

一時間ほど過ぎた頃、傷ついたセカンドバッグを見つけた。

「それは事故のとき持っていたものなんです」

克江の言葉を裏付けるように黒いシミのようなものが点々と付着している。血痕だ。古くなるとそういう色合いになる。一言断って中味を確かめた。財布など、入っていたはずのものはすでに抜かれていて無い。そう言えばさっきの手帳も本来はここに入っていたはずのものに違いなかった。

「中味は出して、整理しましたので」

克江の言葉に小松はうなずく。

そのとき、指先に固い感触があった。バッグの内ポケット。ファスナーを開ける。銀行のロゴが入った封筒が二つ折りになっていた。手袋をはめて、そっと中を開ける。

鍵だ。

「出ましたね」

すかさず、花山が耳元で囁《ささや》いた。克江は事情が呑み込めないまま、だまって小松の説明を待っている。だが、この段階での詳しい話は避け、代わりに質問を繰りだした。

「亡くなられる前の息子さんのご様子で何か変わったことはなかったですか」

克江は首を傾げた。

「さあ。なにぶん、離れて暮らしていましたから」

「最後に連絡があったのはいつです」

「事故に遭う二日前です。仕事がないので、探しているという話をしてそれだけです。もし無ければ店の手伝いをしてちょうだいって言ったんです。そしたら、あの子、店番するために学校を出たんじゃないって、すごい剣幕で」

「怒りっぽい性格ですか？　すぐかっとしたり」

「私にはよくそういう口を利いていますけど、外面は良いと思うんです。怒りっぽいというより、小心者で。とにかくきっちりはしてるけど、遊びがない性格というか」

克江が竹村のことを語るとき、まるで今でも生きているかのような現在形だった。そのことで小松は母親の精神状態を垣間見た気がした。

そして、
遊びがない――。その言葉は妙に小松の胸にひっかかったのだった。

「そのとき仕事の話などはされませんでしたか」

「ええ。普段からあまりしないんですよ」

「少し踏み込んだことをお伺いしますけど、息子さん、金遣いはどうでした」

「結構しっかりしてますよ。見ますか？」

そういっていったん奥へ入ると、竹村の通帳を持って出てきた。死後解約されてはいるが、五百万円ほど残高があったことがわかる。遊びがないとの証言通り、経済的にもしっかり者だったらしい。

こんな男が人を殺すか？

話を聞く内、小松の胸に疑問が湧いた。

「肇さんが亡くなられたとき、泥酔されていたそうですが、誰かと会っていたんですか」

「それは警察の方も調べられたようですが、よく分からないです。あまり酒は好きな方じゃありませんから、一人で飲み屋に行くはずはないんですけど」

帰路、電車のベンチシートで小松は預かってきた手帳を開ける。

殺風景な手帳だ。予定のほとんどは仕事相手の名前と時間で埋まっている。アドレス帳には安永登志子のものをはじめ取引先の名前と住所が几帳面な筆跡で記入されていた。

「遊びがない男か……」

小松は呟き、別れぎわに克江がいった言葉を思い出した。

「カタいのはいいけど付き合っている女の人もいなくてね。見合いでもすればいいのに、今度は銀行がああなっちゃったんで……。仕事では運が無いんです。ずっとね」

ふと気づくと、花山が不機嫌な表情で考え込んでいた。

「どうした」

きいた小松に、「ええ、ちょっと……」と首を傾げる。

「あの竹村という男ですが、二億円もの金を何に使ったのかと思いまして。三十代の独身男、しかもサラリーマンが負う借金にしては多すぎますし、第一、貯金は五百万円も残ってました。堅い性格なんですね、この人。そんな男が二億円も盗んで何に使うんでしょうかね。さっきの荷物、どれだけ調べてもそれらしいもの、ありませんでした」

そうなのだ。

「だが、事実は、最初にお前が想像したとおりの方向を指し示してる」

花山は苦い顔をして、まあそうですね、という。

どこか腑《ふ》に落ちないのは小松も一緒だった。

解約された定期預金、ニセの受け取りに、スペアキー。材料は揃っているのだが、肝心の動機の部分が見えてこない。

なぜ、竹村は二億円もの金を必要としたのか。

「俺、もう少し竹村のことを調べてみたいんですが。銀行へ行きませんか」

花山がそんなことをいったのは電車が隅田川を渡りはじめたときだった。

山手線に乗り換え、五反田で降りる。

竹村の仕事内容がわかるものはないかときいた花山に、応対した加木屋は唸った。

「そうですねえ……。竹村の業務日誌があればそれなんかうってつけだと思うんですが、廃棄されている可能性があるもので。ちょっと待って下さいね」

そういって加木屋は自分の机から業務用のファイルをもってきて開いた。

「集金帳とちがって、業務日誌の類は重要ではないもんで……」

集金帳などの重要物件のみ本部で管理し、古い事務用品や不要書類などは業者に頼んで廃棄することになっているらしい。加木屋が見ていたのはそのスケジュール表だった。

そして、

「ああ、まだありますね」

顔を上げてそういった。

加木屋と共に、銀行の商用車にのって支店まで急いだ。

「こっちです」

先日、小松が見たのは支店の一階だけだったが、加木屋が向かったのは三階のフロアだった。真ん中にアコーデオンカーテンがある。加木屋の手がカーテンを引いた途端、山と積まれた段ボールが目に飛び込んできた。確実に百個以上ある。

「融資課の箱のどれかに入っていると思いますよ」

加木屋はいい、段ボールの山の周りを歩くと、「ああこの辺りですね」といって手近な箱を開けた。箱の脇に「融資」と油性マジックで書いているのがそうらしい。

さっそく花山が作業をはじめる。小松も箱を引っぱり出して中味を開けた。

そうして小一時間も探しただろうか。

ようやく加木屋がそれを見つけたとき、三人とも汗だくになっていた。廃店となった建物はすでに電気もなく、作業は窓からさしてくる陽の光だけが頼りだ。八月も下旬、残暑は一段と厳しい。

竹村肇の業務日誌は、およそ一年分が束になって箱に入っていた。

まるで女性が書いたように、几帳面で綺麗な文字だ。

比較的新しい日誌は、銀行から支給された赤いバインダーに綴じられている。

「まあ、どうぞ」

近くの自動販売機で買ってきた缶ジュースを加木屋は小松と花山の前においた。

壁際に片づけられた廃棄処分のテーブルと、その脇に積まれた椅子を出して、座る。業務日誌の古いほうを花山が、比較的新しいほうを小松が読み、安永登志子についての記述を探した。

訪問先として名前だけは出てくるが、コメントまで書かれていることはほとんどなかった。

最初に登場するのは、昨年十月五日。

——アパートローン売り込むも、交渉不調。融資課長のご出馬願います。

出馬？　なんてばかげた言い草なんだろう。役所風の言い回しも鼻につく。

小松はさらにページをめくったが、被害者に関する記述は他に見あたらなかった。

「どうだ」

顔をあげた花山にきくと、首を横に振った。

安永登志子は竹村にとってあまり親密な相手ではなかったのではないか。こうしてみると、担当者として定期的に訪問しただけの印象を受ける。ローンを売り込んだらしい形跡はあるが、その後のことについては何も書かれていなかった。

ひとつだけ新しい事実を発見した。

定期預金を解約して現金を届けた二月十五日、竹村の業務日誌には、安永登志子を訪問した記録が残っていたことだ。

「帳尻合わせかも知れませんよ。さっきの集金帳と合わなくなるから」

「かもしれん」

だが、本当に竹村は訪問していて、ただ受け取りをもらうのを失念しただけかも知れない。後で気づいて補記したとも考えられる。

小松は加木屋を振り向いた。

「ぶっちゃけた話、集金帳の受け取りをもらい忘れて、言葉は悪いが偽造してしまうことはありますか」

さすがにそれは回答に窮《きゅう》する質問らしく加木屋は顔をしかめた。

「銀行内の検査でそういうのがちょくちょく挙げられるのは事実です」

なるほど。本物の筆跡は書類で残っているだろうから偽造はたやすいだろう。そう思ってきいた小松に、加木屋は意外なことをいった。

「いやそれが、偽造といっても、同じ人間がやるとなんとなくわかるもんなんです。私がこんなことを言うと変なんですが、サインを偽造するときには自分で書かずに、仲間に書いてもらったりしますね。わざわざ筆記用具を変えたりしてね」

もし加木屋の言うとおりなら、安永登志子のサインは誰が書いたのだろうか、と小松は考えた。

そんなことを考えながら小松は、業務日誌の扉を開いたところに、表が重ねて綴じ込まれているのを見つけた。

竹村の担当先リストだった。数えてみると、全部で三十五社ある。

そのリストを加木屋に見せ、後で各社の住所を教えてくれるよう頼んでから、小松は質問を変えた。

「竹村さんは人事的にはどうだったんでしょう。恵まれたほうでしたか」

「昇進のことをお聞きになっているとすれば、恵まれたほうではないと思います」

加木屋は正直にこたえた。年齢は三十二歳。独身で、課員止まりだった。確かに恵まれているとは言えないだろう。

「なぜですか」

「さあ、これぱっかりは」

加木屋は表情を歪めた。小松は几帳面に記された竹村の日誌に目を落とす。几帳面で堅い性格。地味で堅実な行員。悪くない。でも出世はできなかった。会社という組織の難しさを感じた。

竹村の担当先リストを持って支店の外に出た。事件の輪郭《りんかく》はぼやけたままだ。

最後にひとつ確認することが残っていた。

鍵だ。

支店の通用口に竹村肇の自宅から持ち出した鍵を差し込んでみる。

回すと、かちん、という音が中原街道と環状七号線を往来する車の騒音の中でやけに鮮明に響き渡った。

4

その日の捜査会議で、小松の発表が大きな波紋を投げた。

確かに竹村の遺品から通用口の鍵が出たことは、捜査の方向性を大きく決定づけるものに見える。そして偽の受領書だ。

「ただ、受領書はただ受け取りをもらうのを失念しただけという可能性もある。元行員の聞き込みをするとき、誰か代筆をしたものがいないか、聞いて欲しい」

そうつけ加えるのを忘れなかった。

被疑者死亡のまま、送検することになるのか。

会議の後、所轄署長と一課長との間でそんな会話が交わされたのが耳に入った。だとすると、五十名の捜査員はホシの無い事件を追っていることになる。死んだ竹村を犯人と決めつけ、あからさまに失望を顔に出す刑事も何人かいた。手錠をかける相手もなければ、花道もない。しかし、竹村以外に捜査線上に浮かび上がってきた人物は他になかった。

ただ、仮に竹村が犯人だとしても動機がわからない。解約された二億円の行方を追う必要があるが、手がかりはなかった。

加木屋から届けられた竹村の担当先三十五社のデータは他の班にも分担され、小松の手元には五社分のリストが残った。こちらは明日にならないともう連絡がつかない。

「下北沢へ行ってみるか」

小松はいい、花山を伴って所轄を出た。融資課長に会うためだ。この男が安永登志子のもとへ「ご出馬」したのなら、竹村と安永との関係について何か新しい情報を聞けるかも知れない。

五反田へ出て、山手線で渋谷まで行き、そこから猛烈に混雑している井の頭線で約十分。融資課長、近藤一樹の自宅は下北沢から繁華街を外れてさらに徒歩十分ほどにあるマンションだった。

近藤は自宅にいて、晩酌の後か多少赤い顔で二人の刑事を戸惑いながら迎えた。警察手帳を見せた小松は、玄関に立ったまま竹村肇についてき聞きたいと単刀直入にいった。

「安永登志子さんに、竹村さんはどういう話を持ち込んでいたんですか」

「ああ、それはアパートローンです」

近藤はいった。

「一億円ぐらいの融資案件で、確かにここに書いてあるように私も説得に伺いましたよ」

近藤は竹村の業務日誌を覗き込みながらそのときのことを思い出すように言葉を切った。エラの張った妙に四角い顔の男だが、驚くほどよく通るバリトンの持ち主。まだ若く四十前だろうが、もし銀行の破綻がなければそれなりに出世しただろうと思わせるタイプだ。何人家族だろう、廊下の端が居間になっていて中学生ぐらいの女の子が背中を見せている。テレビの音が洩れていた。

「で、どうなったんです？」

「いろいろ説得したのですが、やっぱり駄目でした。安永さんという方は堅い人で。アパートを建てるというのも老後の資金云々といった話でしたが、そもそもまとまったお金をお持ちで、帰り際に一体何歳まで生きるつもりなんだろう、と話したことを覚えています」

「そのまとまったお金ですが、いくらかご存知ですか」

近藤は小さくひとつ咳払いした。事件のことは知っているはずだ。新聞の社会面では大きな扱いだったし、それ以上にテレビのワイドショーなどでも「金庫室の死体」と題して何度か取りあげられている。知らないほうがおかしい。

「二億円以上あったと思います。ご主人が亡くなられた後相続した土地が売れ、それがそのままうちの定期預金に収まっていたんですから」

「でも、その定期は解約された」

「ご存知だったんですか」

滑らかだった近藤の口調がはじめて渋みを帯び、参ったな、というように頭を掻いた。

「それはまあ、お調べになりますよね。あんなことになったんだから」

「解約の理由についてご存知ありませんか」

「直接確認したわけではありませんが、竹村の話では他行に預け替えるという話でした。本来ならなんとしてでも預金の流出は食い止めるところですが、なんせその頃にはうちの業績が悪いことが新聞に書き立てられていまして……」

「他行に預ける？　そう安永さんはおっしゃったんですか」

「ええ。そうですが、それが何か……」

「近藤さんは直接解約の申し出をきいたわけではないと？」

大事なところだ。小松がきくと、近藤は怪訝《けげん》そうにきいた。

「はい、そうですけど……竹村が受けたんです。なんとか思いとどまっていただくことはできないかときいたんですが、無理だというので……」

近藤はいい、それがなにか、と心配そうにきいた。

「ちょっと気になることがあるものですから」

小松は言葉を濁し、

「二億円が現金で届けられていたこと、ご存知でしたか」ときいた。

「いえ……」

思い出そうと横顔を見せ、「振り込みじゃなかったかな」と自問するかのようにつぶやく。

「違うんです。届けたのは竹村さんで、集金帳に受け取りもあります」

受け取りのコピーを見せた。仕事から戻って間がないのか、近藤はネクタイをとっただけのワイシャツ姿でそのコピーを手に取る。覗き込んだ顔は脂《あぶら》でてかっていた。

「ああ、ほんとだ」

「偽物です、このサイン」

コピーを返そうとした近藤は、ぎょっとなって小松を見た。

「直属の上司から見て、竹村さんはどういう方でしたか」

まるで自分が叱られているかのように肩を落とした近藤に、きいた。

「優秀な男でした」

近藤は小さな声だが、躊躇《ちゅうちょ》なくそう評した。

「仕事ぶりはどうです」

「手堅かったですね。あまり手堅くて、逆に、数字は伸びなかったぐらいです」

「数字とは？」

小松はきいた。

「融資の残高のことです。貸してなんぼの世界ですから。話はあっても、彼の場合、ことごとく潰してしまうんです。断ってしまったり、他行に取られたり。だから実力が成績に結びつかなかったんですね」

近藤の話から、手堅いということと、銀行員としての実績は必ずしも結びつかないのだと小松は悟った。

「取引先とのトラブルなどはありませんでしたか」

近藤はほんの何秒か考えて首を横に振った。

「いいえ、トラブルとまではいいませんが……」

小松は、近藤の表情を過《よ》ぎったものに気づいて顔を覗き込んだ。「なにか？」

「貸す、貸さない、といった話は彼の場合、しょっちゅうでしたね」

「被害者の安永登志子さんとはどうです」

近藤は慎重に考えて、「難しい人でしたから」と曖昧な表現をした。

「安永さんが、ですか」

近藤は、居間の見えていた玄関から外へ出ると後ろ手でドアを閉めた。

「定期預金のレートには相当うるさい人でしたからね。毎回、定期の満期日近くになると、自分が希望する金利がつくまでカウンターで粘るんです。竹村にはローンを売って欲しくて担当になってもらったんですけど、出てくるのはローンではなくて定期預金金利の稟議書《りんぎしよ》ばかりで。かなり苦労はしていたようです」

温厚な老人をイメージしていた小松だったが、また裏切られた。大金持ちで、しかも金に煩《うるさ》い。それが安永登志子の姿だったのだ。

「あの人の場合、金利が低くても不動産の賃貸収入などもあって生活に困らないはずなんです。定期預金解約の理由は、要するに金利ですよ。もっといい利殖の話がある。だから解約を申し入れたんだと思います」

「その金利の交渉で、竹村さんと安永さんが揉めたりということはあったわけですね」

「竹村も遊びのない性格ですから、それはしょっちゅう揉めてたようですね」

「報告があったんですか?」

小松はきいた。いま近藤が話したようなことは日誌にも書いてなかった。だとすると近藤はなぜそんなことを知っていたのだろうと思ったのだ。

すると、

「顔ですよ」

と近藤はいった。

「竹村という男は根が正直なものですから。なにかあるとすぐ顔に出る。態度も変わるんです。だから見ていればすぐにわかりますね。そういう意味では、非常に分かり易い男でした」

小松は、もう一度、竹村の集金帳を見せた。

「このサインですが、誰が書いたか心当たりはありませんか」

「さあ、私には」

近藤は首を傾げた。

「竹村さんと特に親しかった方はだれです？」

支店の名簿をなぞった近藤は、井口充という名前の上で指を止めた。

「ところで、竹村さんが、支店の通用口の合い鍵を持ってらっしゃったんですが、それはご存知でしたか」

「鍵を？　いいえ知りません」

近藤は驚き、目を見開いた。

「どうやって合い鍵をつくったんでしょうか」

「さあ、確かなところはわかりません」

首を傾げて近藤は続けた。「ただ、六月に閉店してから七月の営業終了まで残務整理をしたんです。そのとき、融資課員が持ち回りで鍵を開けたことがありましたので、スペアを作るとしたらそのときでしょうね」

「合い鍵を作る意味ってなんだと思います」

小松はきく。「まもなく閉鎖される支店の建物の鍵を持っても仕方がないと思うんですが。それとも、竹村さんだけ、ひとり出てきて仕事をしなければならない都合でもあったんでしょうか」

「そんなことは……」

近藤は小松の目を見ながら口を噤《つぐ》み、ごくりと生唾を呑み込んだ。

言葉にしなかったが言いたいことはわかっている。

安永登志子を殺すため——。

「竹村さんのその後についてご存知でしょうか」

四角い顔が歪んだ。真四角から平行四辺形になった、と思った。

「ええ。支店の仲間に連絡が回って、葬式の手伝いにも行きましたから。残念でした」

近藤の再就職先である食品メーカー営業部の電話番号を花山がノートに控え、マンションを辞去した。

「被害者との関係が悪化していたことが動機でしょうか」

近藤のマンションを出るのを待って花山はきいた。

「そうだな……」

小松はどっちともつかない返事をした。

「そんなことで殺すか、という気は正直、する」

「私もです」

「もうひとつ、いまの話で、どうにも腑《ふ》に落ちないところがある」

「定期預金の解約の件ですか。被害者から解約の依頼があったという点」

花山の指摘に、小松は驚いた顔をした。

「それ、竹村の嘘じゃないでしょうか。竹村は被害者に無断で定期預金を解約した。それを見つかって、殺さなければならなくなった——」

しかし、小松の考えは、少し違った。

「なるほど、たしかにその可能性はある。だが俺が気づいたのは別のことだ。被害者はとても金利にうるさい婆さんだったと近藤はいったな。定期預金の預け替えのたび竹村もそれで悩んでいた。そんなに金利にうるさい婆さんが、定期預金を中途で解約すると申し出るはずはないと思う。知ってるか？　定期預金というのは、満期日前に解約すると普通預金の利息しかつかないんだ。そこまで金利にがめつい婆さんがみすみす中途解約を依頼したりするかね。だから、被害者から定期預金解約の依頼があったというのはおかしいと俺も思った。まあそれが竹村の嘘だというのなら、それはそれで筋も通るけどな」

「まあ、そうですね」

花山は同意し、駅に向かって足早に歩く小松の表情をそれとなくうかがった。

「竹村は犯人だと思いますか」

「断定はできん。だが、状況が指し示す方向はそうだな」

他に容疑者が見当たらないのだ。竹村にとっては悪い材料が揃いすぎているし、要するに竹村が犯人であれば、すべてはうまく落ち着く。

「なにが必要でしょうか」

と花山はきいた。

「竹村が犯人だと証明するためには、あとなにが必要でしょうか」

花山もそれで悩んでいるのか、と小松は思った。小松も同じことを考えていたのだ。もし、竹村が犯人だとするのなら、なにが必要なのかと。

「竹村が婆さんを殺したという直接の物証。それをつかむしかないだろうな」

返事はなかったが、花山も同感であることは小松にもわかった。竹村と同じように、花山も感情が顔に出るタイプだからだ。

5

竹村と親しかったという井口の家は、品川区荏原《えばら》の商店街で畳屋を営んでいた。訪ねると、土間で畳を縫《ぬ》っていた初老の男が立ち上がり、「充っ！　お客さんだ」と家の中に向かって呼ぶ。おお、とも、うん、ともつかない曖昧な声がして、ジャージをはいた若い男が出てきた。時間はもう朝の十時過ぎだが、今まで寝ていたのは寝癖のついた髪の具合から間違いなかった。

井口には、他の捜査員が一度面接して、竹村の受け取りを代筆したかといった質問をしていたはずだ。そのときには、他にもいろいろきいただろうが、手がかりはなかった。

警察手帳を見せた花山に、むっつりした男は裸足にサンダル履《ば》きで土間に下りてきた。

商店街が流している有線放送が店の前にある電柱のスピーカーから出ていて騒々しい。

井口は真夏の空を見上げて腰を伸ばすと、眩しそうに目をしばたたかせ、「なんすか」

といった。

「近藤さんとお話をしたら、竹村さんと親しかったと伺ったものですから」

小松はきいた。

「ええまあ。でも、受け取りの件なら前きた刑事さんに話しましたよ」

「竹村さんの個人的なことをお聞かせ願えませんか」

「個人的なこと？」

「金がらみのことで竹村さんから何かきいた記憶はありませんか」

「金？　たとえばどういう？」

すこし警戒する顔になった井口に、小松はゆうべから考えていたことをいくつか口にした。

「株や車を買うとか、不動産を探しているとか、どんな類の話でも結構です。竹村さんがそんなことをおっしゃっていたことはありませんか」

二億円もの金ともなると、逆に使い途は限られてくることは小松も承知していた。

「そんな話はきいてないすねえ。銀行がなくなっちまったらどうやって食ってくかっていう、みみっちい話はいつもしてましたけど」

耳の上あたりを掻《か》きながら井口はいう。

「そのとき、竹村さんはなんとおっしゃってました？　たとえば会社を設立するようなお話はされていませんでしたか」

自分で会社を設立するのなら、まとまった元手がいる。

「再就職先を探すっていってましたよ、もちろん」

「独立されるという話はしてませんでしたか」

「竹村が独立？　まさか」

井口はいった。「そんな柄じゃないですよ。からっきし商売っ気はないし」

「銀行での成績はどうでしたか」

ぜんぜんだめ、というように片目をつむって顔の前で手を振った。近藤の証言と一致する。小松は質問を変えた。

「井口さんは、安永さんとの面識はありますか」

「それはまあ。よく、店頭にも来てましたから」

「どんな方です」

「一口で言えば、ごうつく婆さん」

井口はいった。「どうしてそう？」との問いに、

「そりゃ、誰だって思いますよ。あれだけ金利にうるさければ」

鼻に皺《しわ》を作る。それからしばらく井口と話をしたが、竹村が二億円を横領したと思われる手がかりは得られそうになかった。

「あなたはこれからどうされるんですか」

少し興味が湧いて、質問の最後に井口にきいた。「畳屋さんを継がれるんですか」

井口は、間口の向こうでラジオを聴きながら畳を縫っている父親を見て、声を落としていった。

「これからは畳屋では食っていけませんよ。親父の代で終わりです」

時計を見た。

「もういいですか。ちょっと寝過ごしてしまって。実は俺、自動車学校へ通ってるんです。タクシーの運転手になろうと思って」

小松は話をきかせてくれた礼を言った。井口は家の奥へ消える。元銀行員たちの再就職は決して楽なものではなさそうだった。

6

午後、竹村肇が担当していた取引先への聞き込みへ回った小松と花山は、竹村の人物像について似たりよったりの感想を聞かされることになった。

最初に訪問した会社は上池台にある土木工事業者だった。

銀行取引を担当されている方を、と言うと、白髪混じりのぎょろりとした目が印象的な男が出てきた。中西という名の常務取締役経理部長。名刺を差し出され、なんでも聞いてください、とさばさばした口調で言われると、かえって何から聞いたものかと迷うほどだ。

小松は竹村肇の名前を出した。

「ああ、あの人か」

中西の反応は冷たい。「あれは駄目だね」

「駄目というと」

「だって、堅物でさあ。他の銀行にだってあんな堅いの見たことないよ。うちの会社潰す気かって何度やり合ったか知れない。こっちが潰れる前に向こうが潰れちまったけどさ。

――今度の事件と関係があるのかい」

「まあ、そこんところはちょっと勘弁してください」

小松は頭を掻いてみせ、中西に融資の話を聞いた。

「それじゃあ、竹村さんのときにはほとんど融資が実行されなかったと」

「ほとんどって訳じゃないけど、見送りだの減額だのって、かなりやられた。たいてい、収拾がつかなくなると近藤さんあたりが出てきて〝大岡裁き〟よ」

死んだ竹村に比べ、近藤の評価は高い。取引先にしてみれば人格的な問題より、最終的に金を出してくれるかが問題なのだろう。

「あの人が担当してたのかい、殺された婆さん」

勘弁してくれというのに、中西は興味ありげに聞いた。

「そんなところです」

中西はふんと鼻を鳴らした。

「まあ、どこに聞いても、私と同じようなことを言うと思うよ。みんな、ああいう堅い人がそんなことをするなんて信じられないというかも知れないが私はそうは思わない。ああいう堅い人間だからこそ、追いつめられたとき何するかわかんねえんだ。くそ真面目と人殺しなんて、実は紙一重かもしれねえな、あそこまでいくとさ」

中西の言葉には、小松も頷けるものがあった。真面目過ぎて殺してしまう。それをもう一回逆転させれば殺したことを後悔して自殺するということになりはしないか。

そのまま分担した残りの会社を回ったが、竹村に対する評判はほぼ共通していた。真面目な堅物――。その度、事態収拾に乗り出したのは融資課長の近藤であり、副支店長であり、支店長であり、という支店の上席。彼らにしてみれば、部下の尻を拭いて回っているような印象だったろう。

竹村が担当していた取引先を聞き込みに回っていた他班もおおむね似た状況であることが、夕刻の捜査会議で確認された。

小松はその会議で、竹村が二億円の金を手にしたという証拠を掴む必要があることを主張するつもりだった。いまあるものは全て状況証拠ばかりだ。それを打破するためには、直接の証拠が要る。

ところが、ある捜査員から意外な発言が飛び出し、小松は言葉を呑み込んだ。

「被害者のもとへ通っていた銀行員に話が聞けたので報告する」

東関東銀行長原支店、その外回りを担当していた行員が、城南相和銀行にある安永の二億円の定期預金の預け替えを頼んでいたのだという。

「その行員によると、被害者はとてもいい運用の話があったからそっちに預けるという話をしたらしい」

「それはいつ頃の話だ」

今年二月頃の話だそうだ、と捜査員は応えた。安永の定期預金は二月十五日に解約されている。時期的にはぴたりと一致する。

「被害者が言いたかったのは、だからお宅の銀行には預けないということだったらしい。それで、どんな運用だと行員がきいたところ、四パーセントという利回りの投資話だったそうだ」

「投資？　投資といったのか」

「そう行員は証言している。確認したから間違いない。今時、そんないい話は危ない、と言ったが被害者はただ笑って取り合わなかったということだ」

思わず花山と顔を見合わせた。

定期預金はやはり安永登志子の意思で解約されていた……。

すると竹村は本当に現金を届けたというのか？

もし現金を届けなければ安永が騒いで、二月の段階で明らかになったはずである。積み上げてきた土台が揺らぎはじめるのを小松は感じた。

「利回り四パーセントなら、中途解約しても採算は合いますよ」

すばやく計算した花山が耳打ちした。この低金利時代だ。銀行がつける金利など、仮に二億円もの定期預金でも地を這うようなものである。

「その投資の中味についてはどうだ」

小松は焦りを感じた。

「それを行員も尋ねたらしいが、被害者は言わなかったらしい」

捜査員のこたえはまた一つ、壁の存在を小松に示した。謎の投資話――。

「わからなくなりましたよ」

捜査会議の後、花山は、ひょろ長い体の背を丸めていった。環状八号線と中原街道が交叉する場所に建つ警察署の窓からはひっきり無しに車が行き交う道路と、その向こうに広がる住宅街の瞬きが見える。

小松はタバコをつけた。わからないのは自分も同じだ。

「被害者に現金を届けたのなら、なぜ受け取りを偽造する必要があったんでしょうか。届けなかったから、偽造した。そう思っていました」

「俺もだ」

二人して黙りこくる。

こいつは難しい事件だ。


安永が話した投資の内容を調べるため、もう一度、令状をとって家宅捜索に踏み切ったのはそれから二日後のことだ。

その家は、上池台にある釣り堀を見下ろす高台にあった。築三十年以上の古い家屋だが、不動産賃貸で生計が立つほどの資産家らしく決して小さくはない。相続人である遠戚にあたる男の立ち会いで、捜査員三十名を投入しての捜索だった。

投資の内容さえわかれば、その先に犯人逮捕の手がかりが見えてくる可能性は高い。

間取りは5LDK。老人が一人で住むのには広すぎる家だが、三十人の捜査員には狭すぎる。

そう時間はかからないだろうと思った小松だが、午後になっても手掛かりらしいものは見つからなかった。

銀行から送られた金利計算書の一枚、あるいは新型定期預金の案内書まできれいに保管している安永が、投資や運用といった資料は何一つとして持ってはいなかったのだ。

「ないですね」

夕方近く、疲労困憊《こんぱい》した様子で花山がいった。「これだけ探して無いとなると、投資話自体の信憑性《しんぴょうせい》が怪しいと思いたくなりますよ。それとも、犯人に先を越されたか」

可能性はある。殺されたとき、登志子の所持していたバッグから玄関の鍵が見つかっていた。犯人はそれを使うことができたことになる。

殺した後、いったんこの家に入り、自分の身元が割れる証拠を全て隠滅《いんめつ》してから再びバッグに戻したかも知れない。その可能性は否定できなかった。捜査を攪乱《かくらん》するための犯人の作戦だ。

鑑識が調べたが、安永の自宅からは犯人のものらしい指紋や遺留品は何も発見されていない。

大きなため息をついて花山は居間のソファに体を投げ出した。

ほとんどの捜査員はもう探す場所さえなくなって、途方にくれた様子で家のあちこちに散らばっている。

捜査打ち切り。

午後七時を指したとき、小松は全員に指示した。家宅捜索に入り、実に十二時間後のことであった。

その家を出た。オレンジ色に暮れていく空の最後の残照が、眼下に見える釣り堀の水面に映っている。夜の帳《とばり》はその長い脚を都会の住宅街に下ろそうとしていた。やがて、捜査の行方と同じように、あたりは宵闇《よいやみ》のカーテンにすっぽりと覆《おお》われていく。

7

考えられることは全てやりつくしただろうか。

どこかに見落とした事実はないだろうか。

難事件に出会うたび、小松が繰り返し思うことである。

だが、被害者の家宅捜索から一週間が経過しても、新しい手がかりは何も得られなかった。

進展はなく、金の行方も杳として知れない。

——あるいは、ボタンの掛け違いがあるのではないか。

次第に緊張感の薄れてきた何度目かの捜査会議の後、自問した。隣では同じく疲れ切った様子の花山がもう何百回となく目を通している銀行資料を広げている。

小松は目を閉じ、事件の最初から思い起こしてみる。

あの金庫室内の現場。そして銀行資料探し。竹村をマークした経緯と千葉の実家……。取引先、元同僚、そして被害者宅での捜索。

殺害現場に犯人を指し示す証拠が無い以上、消えた二億円の金を軸に捜査を展開するしかない。

捜査は当初の竹村と被害者の周辺から離れ、当時長原支店に在籍した銀行員たちにまで及んでいた。

犯人は、元銀行員の誰かだと、小松は確信していた。

それには理由がある。

まず、支店の金庫室が犯行現場になったことだ。

なぜ真っ先に行員が疑われる支店を現場に選んだのか。その理由を、小松は、指紋などの遺留品と関連づけて考えていた。

安永登志子を殺せば、いずれ二億円の行方が問題になり、城南相和銀行長原支店の行員が容疑者としてリストアップされる。その際、他の場所で殺せば、遺留品を残すことになるだろうが、現場が支店であれば、指紋などが残っていたとしても疑われることはない。しかも、破綻した銀行のスケジュールを知る犯人は、しばらくの間、死体が発見されないという確信があった。死後相当の時間が経過すれば犯行時の特定が曖昧になり、細かなアリバイは問われなくなる。結局、多少のリスクは冒しても支店での犯行が犯人にとってメリットが大きいはずだ。

第二の理由は、二億円という金の存在を知り、さらに安永に直接なんらかの働きかけが出来るのは、長原支店の行員だけだという判断である。

行員は、二十八人。

そのうち、男子行員は十二名で、残りが女子行員だ。女子行員の場合でも、過去の金融犯罪をたぐれば自明なように、男絡みで犯罪に走るケースも考えられるため、いま一人一人についての聞き込み捜査を展開していた。

だが、成果はいまのところ、ない。

「物証が少なすぎますよ」

小松の隣で資料と取っ組み合っていた花山が大きなため息とともに顔を上げ、鉛筆を机上に放った。

「なんでこんな事件に関わっちまったんだろう。運が悪いや」

思わず出た本音だった。慌てて小松にすみません、と謝る。

運が悪いか……。怒る気にもなれず、小松は吐息をつく。そのとき、竹村の母親の言葉が胸に蘇った。

竹村の母親はこういったのだ。

──仕事では運が無い。

運？

それは、小松の胸の片隅で小さな紙片でも燃やすように赤く灯った。

「仕事での、運、か」

小松の呟きに、花山が顔を上げる。

「なあ。仕事での運がないっていうと昇進のことだとばかり思っていたが、まだ他にもあるんじゃないのか」

花山は資料を畳んで、小松に向き直る。田園調布署の防犯課、花山のデスクの隣にある空席にさっきから小松はかけている。

「竹村は融資係だったろ。その竹村にとって仕事上の不運ってなんだと思う」

花山は小松の言葉に考えを巡らせた。

「たとえば……取引先に嫌われるとかですかね。竹村の評判は最悪ですよ」

違う。

「他には？」

「別に融資係に限ったことではありませんけど……上司や同僚に恵まれないとか、配属された場所の仕事に興味が持てないとか、過労死するほど忙しいとか、会社が倒産するとか――」

その刹那《せつな》、何かが小松の胸できらりとした光を放った。

「ちょっと待った。竹村の担当先リストで倒産した会社、あったか」

花山は、いいえ、といった。他の捜査員と分担して回ったが、すでに倒産していたという会社はなかったはずだ。

「倒産した会社はリストに入ってなかったんじゃないか」

「そういえば……。加木屋さんにでもきいてみますか」

「いや、もっと簡単にわかるかも知れん」

小松は右手を花山の鼻先に広げた。「あの手帳、見せてくれ」

竹村の自宅で遺品の中から探し出してきた黒革の手帳のことだ。それは花山のデスクの抽出《ひきだし》に入っていた。

アドレス帳を開く。

側にあった手頃な紙と転がっていた鉛筆で、住所録の「ア」行から順に担当していた会社や個人の名前を書きだしていく。「ワ」まで書き出すのに、そう時間はかからなかった。

「あ痛っ！」

思わず頭を抱えた。なんで気づかなかったんだ——！　全て書き出したとき、悔しさが突き抜けた。

「どうしました」

覗き込んだ花山に書き出したリストと、銀行からもらってきた竹村肇の取引先資料とを放り出す。

「見てみろ、竹村肇のアドレス帳は全部で三十六社ある。ところが訪問頻度表の会社は三十五社。わかるか？　つまり、銀行資料に無くてこのアドレス帳にはある会社が一社あるってことじゃないか」

「どういう意味です？」

「倒産だよ。この取引先は倒産したために担当先では無くなったんだ」

その一社はすぐに見つかった。

すぐに城南相和銀行の加木屋に電話して確認した。間違いない。そこへの融資は不良債権と化しているという。

「当たりだ。仕事で運がないってのは昇進のことばっかりじゃない。融資担当者として融資先が倒産するのも運がないと言えるんじゃないか」

「でも、倒産企業が、このヤマに関係してるなんてことあるんでしょうか」

「そうあって欲しいもんだ」

すがる思いで小松はそう願った。倒産企業だからこそ健全企業とは違う結びつきが竹村との間にあった可能性はある。

「行くぞ」

小松は椅子を立つと、花山を伴って署を飛び出した。

8

「株式会社都工業」という看板は出ていたが、建物に人気は無かった。

鉄筋コンクリート造り二階建て。その同じ敷地の奥に木造モルタル二階建ての住宅があった。道路と敷地を隔てる鉄扉は開いていて、個人住宅との境に鍵のかかった立派な門扉《もんぴ》が控えている。そのインターホンで来訪を告げ、やがて出てきた社長夫人らしい中年の女性に案内されて中に入った。

倒産した都工業社長の相羽《あいば》昭三は、黒々とした髪の恰幅《かっぷく》のいい男だった。いかにも経営者然としたなりで、とても破産した経営者とは見えない。ただ、笑うと差し歯の抜けた口もとが懐《ふところ》の窮状《きゅうじょう》を窺わせる。

相羽は二人の刑事を居間へ通して、茶を勧めた。

「この通り、倒産企業でございますのでお構いもできません。ここも競売に出ておりますので、どれだけ住めるか」

嘆きがでる。それでも眺め渡した部屋の天井にはかつての栄華を物語る豪勢なシャンデリアが煌々《こうこう》と輝いていた。玄関脇の応接室。家はしんとして物音ひとつしない。時折、前面の道路を走る車の音がかすめていくくらいで、そのたびに静けさがさらに深まった。

小松は、城南相和銀行でのバラバラ殺人事件の捜査中であることを説明し、お宅と銀行との取引はどうでしたか、という周辺的な聞き方から入った。

「まあ、どうと言われてもねえ。うちは倒産してしまったから」

「融資のお取引はどのくらいあったんですか」

「城南相和とは、割引手形も含めて五億円です。いまでは割引の手形が決済されて四億二千万円。この家が競売されたとしても借金全額はとても埋まらないでしょう。事情はほかの銀行でも似たりよったりですけどね。お役に立てるのなら、何か資料でもお見せしましょうか」

相羽は立ち、やがて茶色の書類箱を持って戻ってきた。銀行関係の書類だ。小松は城南相和銀行が発行した返済予定表を手に取った。融資金額、利率、返済期日、そして毎月の返済額などが記されている。

一番新しい融資は三月半ばのものだ。金額二億円。都工業の破産はそれから二ヵ月を過ぎた五月末である。

「渋くてほんとに参りました。この最後の融資なんか三億円で申し込んだのに結局、この額です」

暗に竹村の融資態度を非難している口振りだった。

その二億という数字を小松はもう一度眺める。二億円。これも偶然の符合だろうか。

「何か銀行とトラブルになったということはありませんか。あなたの会社以外の話でも結構ですが」

「最大のトラブルは我が社の倒産ですよ。それ以外には……」

相羽は首を横に振った。それ以上、いくら粘っても相羽の口から捜査を進展させる情報は出てこなかった。

期待した手掛かりは摑めない。

いったん、相羽の家を後にして、無言の花山と歩き出した。

「どうもいかんな」

どっと疲れが出てそんな言葉が無意識にでたとき、花山が妙なことを言った。

「城南相和っていうのは貸出金利が高いんですね」

「なに？」

足を止め、小松は相棒を振り返った。花山は人差し指で鼻の頭を擦りながらいう。

「さっきの二億円、金利八パーセントだったの気が付きませんでした?」

「本当か?」

「ええ。私、他の借り入れ明細書も見たんですが、軒並み二パーセント台だったんです」

小松はいま出て来たばかりの相羽の家に引き返すと、インターホンを押した。

「申し訳ないんですが、さっきの返済予定表、もう一度見せてもらえませんか」

今度は玄関先で見た。

なるほど花山の言うとおりだ。三月の融資は金利八パーセント。貸出期間三ヵ月で期日は六月末。

「相羽さん、この金利だけやけに高いのはどうしてです」

いやあ、と相羽は苦笑いして額を人差し指でぽりぽり掻いた。

「お宅は危ないからっていうんで」

「竹村さんがですか」

今まで聞いてきた竹村の性格ならいかにも言いそうなことだった。

ところが、相羽は首をふった。

「まさか。竹村さんはのっけから貸さない、の一点張りだったんだ。これだって、ある取引先からの代金回収予定があるから返済は間違いないってお願いしてようやく貸してもらったくらいで。実をいうと、その代金が滞って連鎖倒産したんですけどね。ええと、名前はなんだったかな」

「融資課長の近藤さんですか。それとも支店長……」

「私だって支店長や課長ならわかりますよ。なんでもあとで聞いた話では、竹村さんの実績がぱっとしないんでテコ入れしてるとかなんとかって話でしたけどね。まあ、確かにできる人ではあったたな。実際、貸してくれたわけだしね」

小松の頭の中で、かちりと音がした。

捜査のベクトルが角度を変えた音だ。

「この返済予定表、コピーを頂きたいんですが」

そう頼むと、「どうぞそのまま持っていってください」と相羽はいった。別々にするとわからなくなる、と他の返済予定表も一緒に差し出す。その書類を束ごと受け取り、相羽の家を出た。

「銀行へ行くぞ」

夜空を見上げた小松の目がぎらりと光った。五反田までの切符を買うと、小松は自動改札をくぐってホームへと駆けた。

9

「都工業のクレジットファイルですか」

銀行で出迎えた加木屋はいつものように嫌な顔ひとつせず、小脇に一冊のファイルを抱えて現れた。表紙に七桁の顧客番号と社名の入ったゴム判が捺してある。

ファイルは三つのセクションから成り立っていた。取引先概要表、融資稟議書、担保関係資料だ。その他に、取引先訪問時に話し合われた内容などが情報としてメモになって残されている他、コンピュータのアウトプット・データなどが綴り込まれている。

取引先概要表には相羽本人の性格・趣味の欄まであった。

ファイルを受け取った小松が稟議書の項を開くのを、加木屋は応接室のソファで見守る。

「これはどうやって見るんですか」

質問した花山に加木屋は丁寧に応えた。

「稟議書は日付が新しい順に綴られているはずです。二枚構成で一枚目が貸出内容と担当者所見、そして二枚目は融資や預金といった計数、担保金額などが記入されています。あ、それは金利変更の稟議書ですね」

加木屋が解説する。

小松の指が、一番上になっていた金利に関する稟議書をめくり、その下で止まった。

――実行日、平成十年二月一日。融資希望金額三千万円。

違う。

花山がぐっと体を乗り出してくる。

さらに、ページを捲る。

だが、目的の融資は見つからなかった。相羽のいう八パーセントの金利をつけた融資だ。そこに綴られた稟議書の最後まで目を通して首を傾げた小松の様子に、加木屋から稟議書が抜き取られるということもある、と知らされた。

「期日が到来した稟議書は抜き取って〝済み〟にします。必要ならば〝済み〟の稟議書ばかりを集めたファイルを探さないと」

いや――都工業に対する融資は焦げ付いたはずだ。焦げ付いたということは貸した金を回収していないということである。「済み」のはずがなかった。

小松はカバンから預かった返済予定表を出して加木屋に見せた。

「実は、この融資を探しているんです」

中味を見た加木屋の顔色が変わった。

「このファイルに無いなんて、おかしいと思いませんか」

「ああ、ほんとうだ。ちょっとよろしいですか」

加木屋はファイルを手元に引き寄せると真剣な表情で最後まで目を通す。ページをめくるという同じ動作も、熟練の者がするとこうも違うのかと感心するぐらい見事な手際だった。

その手が止まり、加木屋は考え込んだ。

左手でページを摑んだままの格好で、小松の手元にある返済予定表を見つめている。

「ちょっとこれは関係者にきいてみないことにはわからないですね」

やがてそういった。

「小松さん、これ——おかしいですよ」

そのとき、脇から返済予定表を見ていた花山から声があがった。

花山は、返済予定表を何枚か並べてみせる。

「この八パーセントの金利がついた融資だけ、取引番号が9999なんです」

そう指摘した。

「取引番号？」

問うた小松は、花山が指さす場所を何枚か見比べてみる。すると確かに、他のものには「2465」「3863」など、それらしい番号が入っているのに、その二億円の融資だけは「9」が四つならんでいた。

小松にきかれ、加木屋は驚きと戸惑いを浮かべた顔を向けた。

「これはどうも、シミュレーション用の返済予定表のようです」

「シミュレーション用？　なんですそれは」

加木屋はポケットからハンカチを出して額の汗を拭いた。夏だというのに、破綻銀行のビルにはクーラーすら入っていなかった。出された麦茶もとっくに氷が溶け、グラスの回りに小さな水たまりをつくっている。

「取引先から融資の話があったときに毎月の返済額などを説明するためにコンピュータで出力することができるんです。単なるシミュレーションですから、実際に融資しなくても簡単に作成できます。たとえば、今日、入力すると明日にはそれが出力されて書類センターから支店に届くという仕組みなんですが……」

「で、でもですね」

花山が遮《さえぎ》る。「相羽という人はこの金を借りて焦げ付いたといってるんですよ」

まさか、と加木屋は否定した。

「何かの勘違いじゃないんですか。倒産した会社の経営者というのは往々にして混乱しているものですよ。とくに多額の負債を抱えていると、もう細かいことはわからなくなっているケースもある」

加木屋はファイルのポケットからコンピュータのアウトプット資料を出した。

「この資料には預金と貸出金の総額が六ヵ月推移で出力されているんですがね、ほら今年の三月、つまりこの返済予定表で二億円の融資をしたことになっている月ですが、増えていないでしょう。返済のせいだと思いますが、総融資残高は逆に減っています」

「コンピュータの間違いじゃ――」

「そんなことは絶対にないです。その都工業さんが勘違いされているんだと思います。だいたい、いくら当行でもこんな金利で貸すわけはないんです。それはおわかり頂けると思います」

加木屋はなおも疑う花山を諭すようにいった。

「なにしろ、担当者の名前を忘れたそうだから、そういうこともあるかも知れない」

小松の言葉に、加木屋の表情に小さな安堵が浮かぶのがわかった。

「だれだって倒産すれば、精神的に追いつめられるものですよ」

「それじゃあ、もう一度相羽社長に電話して聞いて――」

「待った」

その花山の肩に手を置き、小松はいった。「もういい」

「もういいって、どうしてです、小松さん！」

「もういいんだ。わかったんだ、花山。これは――浮き貸しだ」

「浮き貸し？」

その瞬間、脇で聞いていた加木屋の表情が凍り付いた。

10

「浮き貸しというのは、銀行員が金の貸し借りの仲介をすることさ。これは立派な金融犯罪ですね、加木屋さん」

加木屋は青ざめた顔でただうなずいた。

「おそらく犯人は、安永登志子さんとも顔見知りだったんでしょう。そして安永さんに投資話を持ち込んだ」

「でも、その投資の内容はまだ……」

花山を制して、小松はいう。

「この二億円の貸出だよ。これがそうなんだ。安永さんには、高利での投資だともちかけ、都工業には高利で貸し出した。八パーセントの内、半分を安永さんに渡し、あとの半分は犯人が自分の懐へ入れるつもりだったんだろう。ところが都工業は倒産し、貸した二億円は泡と消えた。どこか訂正する箇所はありませんか」

加木屋はやっとのことで、さあ私には、とつぶやいた。

「安永登志子さんは犯人を非難し、追いつめたと思います。それはあれだけ金利にうるさいという人なのですから、元本が戻ってこないとなれば、大変なトラブルになったでしょうね。もとより浮き貸しなのですから、表沙汰にするわけにもいかない。そこで思いあまった犯人は安永登志子さんを殺そうと計画した。さて、ここからが問題だ」

「集金帳の受け取りですか」と花山が指摘した。

うなずいた小松は、持ち歩いている集金帳のコピーを出す。

「そもそも、これが偽物だとわかって竹村さんが犯人ではないかと疑うことになったんです。ところが、竹村さんは現金を安永さんに届けていたらしいことが後でわかった。それならば、なぜサインが偽物なのか、今度は逆にわからなくなる」

ややこしい話です、と小松はいい、続けた。

「でも、犯人の意図が、竹村さんを容疑者に仕立て上げようというのなら、わかる」

加木屋を見た小松の額に汗が流れた。加木屋は、神経質そうに大柄な体を揺すり、小松の不備を指摘した。

「でも、集金帳というのは厳格に管理されているんですよ、小松さん。そんな簡単に偽造なんてできるはずがないんです。ページ番号だってついているんですから」

加木屋の言葉に小松はうなずいた。

「おっしゃる通り。だけど、もし犯人がわざと偽のサインを作ったのなら、それが意味するところはなんだと思いますか」

小松にきかれ、加木屋は生真面目そうな小さな目を途方に暮れたようにぱちくりさせた。

「それは、ページそのものが偽造されている、ということです。つまり、この三十一ページそのものが偽物なんです。サインを偽造しようとすれば、ページそのものを差し替えなければならない」

「でも、そんなことは……」

動揺を見せた加木屋に、小松は「未使用の集金帳を見せてもらえませんか」といった。

「書庫にあるのなら、ご一緒します。きっと、三十一ページ目が欠落している集金帳があるはずです」

しかし加木屋は、憔悴《しょうすい》しきった蒼白な顔で、「確認はできません」といった。

腰を浮かせたまま小松は動きを止める。

「未使用の集金帳はもう廃棄処分にしてしまったんです。申し訳ないですが」

小松はだまって加木屋を見つめ、「遅かったですか」といった。

「これはもう犯人を捕まえて、自白に頼るしかないわけだ。しかし、あの集金帳が竹村さんを陥れようという犯人の工作の一つだというのはまず間違いないと思います。長原支店を犯行に利用したのも、その一つでした。犯人は、それによって、我々の目を長原支店の行員に向けさせたのです」

花山がいかにも驚いた顔で小松を見た。なにか言おうとするのを制して、小松はいう。

「私も犯人は長原支店に勤務していた元行員だとずっと思いこんでいたんです。それはそうでしょう。そうでなければ、支店が犯行現場になるはずはない。最初は突発的な犯行ではないかとも疑いました。そして先程、相羽社長の話を聞くまでは私自身そう思いこんでいたのですから、まんまと犯人の術中に塡《はま》ったということになるでしょう。そして最後に犯人は、竹村を自殺に見えるやり方で殺した」

「合い鍵はどうなんです」

「犯人は合い鍵などいくらでも作れる立場ですから、そんなのはたやすいことです」

小松はソファから体を乗り出し、体の前で無骨な指を組んだ。

「犯人は、竹村に連絡するか、あるいは偶然を装って声をかけ酒をのませた。合い鍵はその場でなにかの理由をつけて渡したものです。そして泥酔させた後、中野駅のホームで背中を押して転落させた。当日はダイヤが乱れてホームは混雑していました。竹村さんの背中を突いてホームから落とすという残忍な手段を犯人は選びましたが、実は自殺とも事故とでも見える死に方であれば、どんなやり方でも良かったんだと思います。あとは時間が経過し、安永登志子さんの死体が発見されるのを待てばよかった」

加木屋は言葉ひとつ発しなかった。なにか言おうと唇は動くのだが、声が出ないのだ。

「都工業の社長は二億円を融資してくれた行員の名前がわからないといってましたが、誰かを特定する情報はくれました」

小松の言葉で、加木屋ははっと顔を上げた。

「竹村さんの実績がぱっとしないんでテコ入れしている人」

小松はいい、まっすぐ前を見た。

「つまり営業推進ですよ。これは銀行が破綻する前のあなたの仕事だった。もし間違っていたのなら教えて下さい。貸したのはあなただったんでしょう、加木屋さん。違いますか？　犯人の条件を満たしているのはあなたしかいない」

加木屋は小松の表情をじっと見たまま、動かなくなった。感情が顔に出るタイプが、ここにもひとり、いた。

「営業推進を担当していたあなたは竹村さんを通じて、安永さんも、都工業さんもご存知だった。そして、二人のニーズをきくうち、浮き貸しを考えついたんだと思います」

壁時計の秒針が時を刻む音がする。それがきっかり文字盤を一回転するくらいの間小松は待った。

「署まで同行願えますか」

小松がつぶやく。加木屋は抜け殻になってしまったかのように、茫然としている。やがてがっくりと首を垂らすと、人形師に操られたようなちぐはぐな動きで、ゆっくりと立ち上がった。

隣で、花山が電卓を叩いている。

加木屋に任意同行を求め、逮捕状の請求をした後だ。取調室から出てきた小松に数字の出たままの電卓を見せた。

「二億円を三ヵ月貸し、四パーセントの上前をはねる――二百万円弱です。これで人を殺しますかね」

損得勘定が合わないといいたいらしかった。小松はたったいま、加木屋からきいた話をしてやった。

「まさか倒産するとは思わなかったらしい。うまく行ったときのことを考えて見ろ。三ヵ月貸して、二百万円を得る。同じことを年四回繰り返せば、それだけで飯は食える。あの頃から、加木屋は銀行が近々破綻することを知っていたんだ」

「加木屋の再就職先は未定だったんですか」

「失業の恐怖だ」

小松は手近な椅子をひいた。

「家のローンと家族を抱え、なんとか食っていかなければならない。浮き貸しが発覚して自分が捕まったら、再就職どころの騒ぎじゃない。家族は路頭に迷う。さあ、どうする？」

ワイシャツのポケットから抜いたタバコをひょいとあげ、花山にきいた。

花山は、うんざりしたようなため息を一つついた。

「私なら殺しません。殺すもんですか」

花山は応え、電卓のクリアボタンを指先でぽんと叩いた。

現金その場かぎり

1

「灰原係長」

顔を上げると、吉川恭子の神妙な顔がそこにあった。三月、午後四時。取引先企業の決済日が重なる二十五日とあって、閉店後一時間が経過しても、店内の慌ただしさは収まる気配もない。

「どうした」

「ええ、それが……」

見ていた伝票を検印して決裁箱に放り込み、私は座ったまま吉川を促す。普段はっきりものを言う性格の吉川が逡巡《しゅんじゅん》する姿など記憶になかった。言葉を探す彼女の表情は頼りなげで、明らかに困惑している。

「実は、枡野《ますの》さんの〝窓〟が合わないんです」

「枡野の？」

吉川の背後で店頭グループのテラー二人が遠慮がちにこちらの様子を窺っている。新田秋穂と新人の本村渚だ。枡野理江の顔はそこに無い。かわりに必死で手を動かしている小柄な背中が見えていた。

「三百万なんですけど」

「現金か」

唐突に押し寄せてきた緊張感を意識して、検印していた印鑑をプラスチックケースに入れた。またか。そう出かかった言葉を呑み込む。

「自動機の残高は確かめた？」

「ええ。合ってました」

「計算が合わないのは枡野だけか。他の人は」

「大丈夫です。一応、みんなで思いつくものは全部見直したんですが。係長にも見ていただきたくて」

椅子の背もたれに体を投げだし、吉川を見た。

「どう思う」

「過払いではないと思います」

今度こそ吉川ははっきりと言った。両手を後ろに回し、いま横顔を向けている表情は、つんとすましたお嬢さんを連想させる。窓口を担当しているテラーの女性の中で一番人気の彼女は、気の強さでも一番だ。生意気な部下だが、仕事は出来る。

過払いとは、客から請求されたより多い金額をミスで支払ってしまうことを言う。たとえば、百万円を引き出しに来た客に二百万円払ってしまえば、銀行の手持ち現金は百万円合わなくなる。銀行業務での過払いは、年に一度あるか無いかの大事件であって、数ヵ月の間に二回目ともなると話は別だった。

ミスではない。誰かが盗ったのではないか――そう吉川は言っているのだった。

私は席を立ち、まず営業課長の神田隆にこの事実を報告しなければならなかった。神田のしかめ面が目に浮かぶ。五年前に患った十二指腸が疼《うず》き出した。昼食を取る暇もないほど忙しい日に限ってこれだ。おそらく、帰宅は深夜になるだろう。

2

大きなゴミ袋を抱え上げて逆さまにすると、内容物は重力に抵抗するかのごとくいったん静止し、次の瞬間には勢いよくコンクリートの床にばらばらに落下した。取り囲んでいた融資課の係員が飛び退き、顔を歪める。裁断された書類、朝読んだ新聞、紙コップ、鼻をかんだティッシュも中には混じっている。一日に支店から出たゴミの行方は、地下駐車場脇にある専用の置き場と決まっていた。

店内から出たゴミの保管期間はおよそ一週間だ。それを過ぎると、スペースに入り切らなくなった古いものから順番に処分される。ゴミは支店勤務の庶務行員によって集積され、一日の分量はだいたいビニール袋二袋。袋の頭部には日付を示すメモ書きが貼り付けてあった。

すでに、枡野が百万円以上の現金を払い出した顧客への確認は済んでいる。払い戻された金額が多すぎたと言ってきた客はいない。防犯カメラでも確認したが、枡野が返却した紙幣が多すぎると思われるシーンはどこにもなかった。粗い画像だが、厚さ数センチにもなる紙幣が余分にあれば見分けることは容易だ。

紛失したか、誰かが盗んだか。だが、同じ銀行員として仲間を疑うには、それなりの根拠が必要だ。

とことん探す。もう一度探してみる。そしてその後に待っているのは私物検査だ。

「灰原係長、ホントのとこ、どうなんです」

一つ目の袋にはいったゴミを全部見終え、二つ目の袋を床にぶちまけたとき、木山彰一は手を動かしながらそう聞いてきた。ふと木山と吉川が交際しているという噂があることを思い出した。銀行の総合職で一流大は珍しくないが、木山もその例外ではない。大学時代にラグビー部に在籍したがっしりした体軀とさばけた性格。多少、気の短いところもあるが、確かに、吉川恭子とこれ以上お似合いの相手はいない。

「どうだろうか」

言葉を濁《にご》した。木山は丸められた書類を広げ、中身を確認してから力任せにまた丸める。その様子からかなり苛立ちが滲み出ている。

「順番が違ってませんか」

「どういうことだい」

「最初に私物を検査するべきだと思うんです。二回目ですよ。しかも合計五百万円」

木山は手をとめてこちらを覗き込んだ。前回、二月十九日に紛失した現金は二百万円だった。

「ミスで一万円札を一束多く支払ってしまったっていうんならまだ分かるんです。でも、二百万円に三百万円でしょ。常識的に考えて二束も三束も間違うなんておかしいし、誰かが盗んだとしか思えないですよね」

私は黙って手を動かす。応えようがないからだ。返事が無いと知ると、木山は舌を鳴らして再びゴミに戻った。確かに、私物検査で現金が出てくる可能性はある。だが、そうと分かっていても簡単にはできないこともあるのだ。現に一ヵ月前がそうだった――。


「みんな聞いて欲しい」

声を張り上げると、営業室にいる全員の視線が私に集まった。ざわめきが不意に消え、とっくにBGMも止んでいる店内が静かになる。現金紛失という重大事故とあって、店頭グループだけでなく、他の係の者まで一人も帰らずに店内に残っていた。

「もう分かっていると思いますが、店頭グループで現金が二百万円合いません。おそらく、お客様への過払いが原因だと思いますが、それが確認できるまではまだかなり時間がかかると思います。そこでお願いですが、このような事故が起きたときの事務的な手続きとして全員の私物を確認したい」

ざわめきが起きた。

「私たちを疑ってるんですか」

凛《りん》とした声が挙がったのはその時だ。見ると吉川恭子が挑むように腰に両手を当てて私を睨みつけていた。

「疑ってるわけじゃないさ。手続きだと言っただろう。もちろん、私のカバンの中も確認してもらうよ」

「仲間を疑うのなら、調べるところを全部調べてからにしてはどうでしょうか」

何人かが頷くのを神田課長が苦々しい表情で眺めている。

「伝票や自動機の装塡《そうてん》ミス。考えられる箇所は全て探したはずだが、他にもあるだろうか」

「ゴミがまだです」

「ゴミ？」

「それにお客さんだって、本当のことを言ってるとは限らないでしょう」

それを言い出したら、きりがなかった。客に渡す現金の過不足は、その場で確認しなければならない。後で過払いを主張しても客が否定すれば証拠がない。〝現金その場かぎり〟である。

残るはゴミ。確かに、吉川に指摘されるまで気がつかなかった。

結局、一ヵ月前も私物を検査する前にこうしてゴミさらいをしたのだった。

「だめですね。やっぱり無いや。あたた」

木山は立ち上り、曲がっていた腰を伸ばした。こっちは空腹、それに疲労のためか立ちくらみがする。視界には金色の塵《ちり》が無数に舞っていた。それが収まったとき、営業室に通じる階段から吉川が下りてくるのが見えた。

「係長、全員の私物検査をするようにと支店長が」

不機嫌極まる調子でそれだけ言うと、こちらの返事も待たずに階段を駆け上がる。一緒にゴミをさらっていた他の係員たちが木山のほうを一瞥《いちべつ》したが、木山はひとり肩を竦《すく》めただけだった。

3

全員がのろのろした動きで営業室内に持ち込んだバッグをデスクの上に置く。嫌な仕事だが、どうしようも無い。私は、一人ずつ、私物の中身をチェックして回る敵役だ。

室内は静まりかえっている。いま誰かの私物から現金の束が見つかるかも知れないという疑心暗鬼に翻弄《ほんろう》されている。私はまず最年長の伊沢良子が自席の足元から取り上げた布バッグの中身を確認し、次に、ぶっきらぼうに差し出された吉川のカバンのファスナーを開けた。ハンカチ。書店のカバーがかかった文庫一冊。財布は黄色いルイ・ヴィトン。定期入れ。家の鍵。携帯電話には、動物の飾りがついた藍色《あいいろ》のストラップが結んであった。

「枡野さん」

彼女の名前を告げたとき、にわかに緊張感が高まった。が、差し出されたのは透明なビニールの手提げだ。空気が緩む。外からでも中身が確認できるそれには、配布品のタオルと、財布、それに小さな革製の手帳しか入っていない。

新人の本村を振り向く。怯えた目を向けた本村を見たとき、何かがある、という直感に衝かれた。まさか。おずおずと差し出されたグリーンのカバンは高級品で傷ひとつ無い。開けた。

「タバコか」

それと小さく丸まった黒い下着。口には出さず、私は内面の驚きを呑み込んだ。小さな秘密。本村は、硬直した表情でカウンターの一点を見つめている。大人しく清純なイメージの彼女を再び見たとき、言葉が口をついて出ていた。

「ごめんな」

本村はいまにもべそをかきそうな顔で小さく頷く。たとえ仕事であっても、こんなことは二度としたくなかった。

私物検査で現金を見付けたとき、どうするか決めていた。いったん素知らぬ振りをして全員の分を見終わる。現金が見つからなかったことを報告し、詫びたあと、盗った本人をそっと別室に呼ぶのだ。

新田秋穂の私物検査が終わったとき、耐え難いほどに高まっていた緊張感が、風船の空気が抜けるようにしぼんだ。誰かが咳払いし、聞こえはしないが肌に伝わる吐息があちこちで洩《も》れる。

犯人は店頭グループ――誰もがそう考えていたのだ。だが、それは杞憂《きゆう》に終わった。

私の私物検査は定期相談グループ、資金係、為替係と移って、十五分ぐらいで二十人いる係員全員の分が終わった。一人あたりの検査時間は正味数十秒といったところなのに、疲労し神経をすり減らした重い感覚だけが残る。

「みんなどうもありがとう。協力してくれてすまなかったね」

そのとき、吉川恭子の声が響き渡った。

「まだ、課長と係長の私物が済んでいません」

「おい吉川くん」

神田が呆れた声を出したが吉川は退かない。

「新聞に載る銀行員の不正は女子行員だけじゃないと思います」

拍手が起きたが、神田が音の方を睨みつけた途端、止んだ。

「わかった。公平にやろう」

不服そうな課長を手で制し、私は、自分のビジネスバッグの中身を机上にさらけ出した。

財布、定期入れ、テレホンカード、自分の通帳、そして単行本一冊。仕方がないという顔で神田も同じようにバッグを吉川に差し出す。吉川は、バッグを開け、全員が見えるように中身をカウンターに並べた。中身は私と似たりよったりだが、櫛《くし》が出てきたときには全員の間に嗤笑《ししょう》が広がった。神田の髪は半分以上が禿げ上がっている。吉川はこれ見よがしに、カバンを覗き込み、他に何もないことを確認する。怒りと屈辱に真っ赤になった神田は、さっさとカバンを取り戻すと中身を元通りにしまい込んだ。

次はロッカールームだ。

全員のロッカー・キーを集め、伊沢良子と二人で女子ロッカーに入った。男子ロッカーは、神田が確認することになっている。

実際にロッカーを開けて中を点検する役は伊沢に頼んだ。

女子ロッカーの独特の雰囲気と酸っぱい匂い。伊沢が一つずつ開けて点検する間、疲れ果てた私は室内の真ん中にしつらえた椅子に体を沈めていた。最後に伊沢女史が自らのロッカーに鍵を差した。私は首を振る。しかし、彼女は納得しなかった。

「確認してください。全員の分を公平に調べるべきです」

仕方がない。促されて腰を上げた。ハンガーに掛かっているジャケットとコートのポケットを軽く押してみる。出てくるはずはなかった。

「どこに消えたんだろう」

現金の行方を考え、唸る。過払いでなければ金は支店内のどこかにあるはずだった。

「誰にも見つからない隠し場所があるんだろうか」

伊沢は自分のロッカーを施錠し、鍵は制服のポケットに入れた。残りの鍵は無くさないようにビニールの袋に入れる。情けない顔で黙考している年下の係長を見て、ため息をひとつ。それから微笑んだ。伊沢女史は、今年五十歳に手が届く。

「隠そうと思えばいくらでも場所はあるんじゃないですか。でも隠されている現金を見つけても犯人がわかるとは限りません。現金その場かぎりの原則はここでも有効です」

「私物の中で見つかれば現行犯だが、この犯人はそんな馬鹿じゃないか」

「なにしろ私たちの仲間ですからね」

伊沢は、言いにくいことをはっきり言う。お局様たる所以《ゆえん》だ。私は苦笑するしかなかった。

行員のほとんどが帰宅し、がらんとした営業室には、店頭グループの五人がまだ残っていた。

4

支店長と課長は今後の対応を検討するため、一時間ほど前から二階にある会議室に籠《こ》もったままだ。私はデスクにつき、疲れた体を椅子に沈めていた。私のところから見える枡野の窓口は、銀行の配布品で賑やかに飾られている。目の飛び出るほど高額な契約料を払っているアニメのキャラクター人形。手に取ってみると背中に穴があり、可愛い貯金箱になっているが、本来の目的で使用している人は少ないだろう。子供から若い母親まで人気の品で、たくさん集めて飾ることを目的に預金をする客も少なくない。枡野が現金を入れていたキャッシュ・ボックスの中では、クマの人形がおどけた表情を見せていた。

枡野の扱っていた現金が無くなったからといって、彼女が怪しいと考えているわけではない。それは既に本人には告げてある。ただ、管理に一部不手際があったことは確かだ。

私の調べでは、朝、資金係から受け取った現金は大半がキャッシュ・ボックスに入れられたが、残りは席の脇にある細長い四段の抽出《ひきだし》の一番上に保管されていた。現金の保管場所としてこれは銀行の本来の規定から逸脱《いつだつ》している。別な意味で残念だったのは、この抽出は四つある窓口のそれぞれ足元にあるため、背後に置かれたデスクの陰にかくれて防犯カメラに写らなかったことだ。ビデオテープを確認したところ、何人もの行員がその抽出を開けていた。現金が入った抽出以外には硬貨を入れるための袋や配布品などが入っている。業務中、頻繁《ひんぱん》に使われるそれらの小物を取るために、営業課の者だけでなく、外回りから帰ってきた融資課員などが何度かその抽出の前で屈み込む姿が写っていた。だが、抽出そのものが写っていないため、取り出したのが現金なのか枡野が保管していた紙袋なのかはわからない。おそらく犯人はそれも計算に入れていたはずだ。

やがて神田が支店長との打ち合わせを終えて戻ってきた。

「集まってくれるか」

全員を課長席の回りに集め、明日以降のスケジュールを読み上げる。翌日からの検査、人事部と総務部の面接調査の予定だ。最終的に現金が見つからない場合、査問委員会が開かれ、しかるべき処分が下る。

「ここにいる全員が委員会に召喚《しようかん》されると思ってくれ」

神田が告げたとき、私の傍《かたわ》らにいた枡野の体がぐらりと揺れた。疲労と緊張に耐えられなくなったのだ。慌てて抱え込んだ私は、真っ青な顔の枡野に体力の限界を見た気がした。責任感が人一倍なだけに、彼女には苛酷《かこく》な一日だったろう。終電の時間もとうに過ぎ、枡野の華奢《きやしや》な体を支えた私自身、疲れ切っていた。

神田の説明が一通り済んだところで、帰宅許可が出た。

ほっとした雰囲気はない。重苦しい沈黙をぶら下げたまま身の回り品を片づけ始める。

枡野のためにタクシーを呼んだのは吉川だ。その横顔がうらめしそうに見える。係長がしっかりしないからこんなことに、そう言いたいのだろう。その通り。私は、営業課係長という職務になって初めて、挫折感を味わった。空しさと悔しさと、どうあがいても解決できない現実。出世コースを外れたこの仕事を選んだのは病気が原因だった。それまで融資畑を歩んできた私は、体調を崩して一ヵ月近く入院した後、自ら営業課への転身を申し出た。融資課の激務に耐える自信がなくなったからだ。

帰りのタクシーで、私はその日に起きた出来事を回想した。変わったことはなかったか。朝からのこと。どんな些細《ささい》な事実でもいい。手掛かりになるようなことはなかったか。

支店長の説教から始まったろくでもない一日。開店後しばらくして店頭で騒ぎ出した女性客。理由はなんだっけ？　そうだ、待ち時間が長いというのがそもそもの発端で、ついでに配布品の人形をよこせと要求したのだった。対応した吉川が、クマの人形は五十万円以上の預金客だけだと言い放ち、私が駆けつけたとき女性客の前にちっぽけなティッシュが転がっていた。女というのはどうして同性に対してそう意地を張るのだろう。私は、車窓を流れていく街の灯りにぼんやりした視線を投げながら失笑する。枡野の泣き顔と、倒れた彼女を抱きかかえたときの華奢な体の感触が離れがたいイメージとなって手に残っていた。女子ロッカーの匂いや、スチールのドアがきしみながら開き、閉じる音。それがどろどろした疲労感の底で繰り返し鳴っていた。

5

翌日、早朝から検査部臨店チームの精査がはじまっていた。私は、八時までに首班との面談を終え、その後営業室にある一角で、防犯ビデオのテープに目を凝らしていた。ビデオテープをもう一度確認したいと申し出たのは私だ。現金その場かぎり。伊沢の言葉は、熟睡できず夢うつつを彷徨《さまよ》う間、何度も脳裏に蘇ってきた。それは犯人にしても同じはずだ。その場で失敗すれば全て終わる。一発勝負。その勝負のポイントがどこにあったのか、私は知りたかった。行員が犯人ならば、犯行にかかわる一瞬があったはずで、それを確認できるとすれば防犯ビデオしかない。どこかに盲点があるのではないか。そう思えてならなかった。

営業室の片隅、セパレーターで区切られた小さなブースにモニタとビデオデッキを運び込み、テーブルにはレポート用紙を広げた。モニタの右上には時刻表示があり、誰がいつどんな動きをしたか、すべて書き取るつもりだった。

九：〇〇　始業。牧田産業経理来店、吉川応対。
九：〇五　枡野、席立ち印鑑票照合。

モノクロの画面を凝視しながら、私自身、憂鬱《ゆううつ》な一日の記憶を何度もたぐり寄せる。レポート用紙の最初の一枚目はすぐに埋まった。二倍速と早送りを繰り返して吉川が現金紛失を報告に来た時までのテープを見終わったとき、すでに時計の針は正午にさしかかっていた。レポート用紙は十枚を軽く超えている。

「だめか」

考えた末、私は、昨日の処理伝票にコンピュータが印字した時刻と、自分が作成したリストを照合してみることにした。

伝票は数百枚。それを時系列に並べ直し、リストと照合していく。地道な作業だが、偏頭痛《へんずつう》に苦しみながら目を皿にしてモニタを眺めるよりは、こちらの方がまだ楽だった。

全部の照合を終えるまで一時間ほどかかった。ビデオから私が作成した行動記録にはあるが、該当する処理伝票が無いものを一件だけ見つけた。午前中に吉川が応対した女性客だ。騒いだ挙げ句、店頭での処理をしないままCDコーナーで現金を下ろして帰った。だから伝票が残っていない。

再生ボタンを押すと、ハンドバッグをカウンターに叩きつけている太った女性が現れた。出来の悪い無声映画を見ているようだ。吉川の応対は毅然《きぜん》としている。やがて私自身の姿が画面に現れ、女性客とともにビデオから消える。あまり抗議が執拗《しつよう》なので他の客への迷惑を考えて場所を応接に移したのだ。後のほうのコマでカウンターに残ったティッシュを吉川が腹立ちまぎれに引っ込める様子が映っていた。気の強い吉川らしい動きにふっと笑いがこみ上げる。

何かが、私の脳裏をよぎった。

モニタを凝視したまま、それを摑もうともがく。

ティッシュだと気がつくまで、一時間近くモニタを眺めていた。

ティッシュ。いや、配布品といったほうがいい。

行動記録を指で辿り、私は気になった取引を探した。先程は看過したが、いったん気になると確かめずにはいられなかった。

一三：二〇　ブティック馬場。吉川現金支払い。

その伝票を探し出した。印字された操作担当者はT20。吉川のオペレーター・コードだ。支払金額十五万。その全てが一万円札で出金されている。配布品は？

私はビデオを早送りして問題の場面をサーチした。画面右上の時刻表示を頼れば、見つけるのは簡単だ。

あった。

小さなモノクロ画面の中で、カルトンにのせた通帳と配布品が返却される。配布品は紙袋の大きさを見れば中身は一目瞭然《いちもくりようぜん》だった。

——木製ブックエンド。

銀行の配布品にそれほど多くの種類があるわけではない。その中でキャラクター人形の貯金箱だけは透明なビニール袋入りでそのまま渡すが、その他のものは専用の紙袋に入れる。木製ブックエンドや焼き物の皿など大口顧客用の「高級品」は、大きさと紙袋の模様で簡単に識別できる。

「それにしても、なんでブックエンドを?」

銀行の配布品にはランクがある。取引によって渡す品物は違い、ティッシュのように箱単位で取り寄せるものと個数管理される希少品とがある。

新規口座を開設した客にはポケットティッシュやメモ帳を組み合わせた「ご新規セット」。普通のティッシュよりウェットティッシュのほうが格上で、さらに箱ティッシュが上位にくる。いくらの取引にどの粗品を出すかはおおよそ決まっており、少額の入金や馴染み客には金額や取引内容に応じてティッシュ類、ましなところでタオル。五十万円を超える定期作成で五種類あるキャラクター人形から好きなものを選べる。最高級品は、美濃焼の皿だ。

ブックエンドは百万円以上の定期預金と他の口座振替を同時に申し込んだ客への粗品だ。それを吉川は、十五万円の支払客に渡した。騒動を起こした女性客にはティッシュ一個で頑張ったのに、小口現金支払いの客にブックエンドとは、彼女らしくない。

私は一時停止ボタンをおして、ブティック馬場の支払伝票とそこに映っている男の表情を交互に見比べた。三十前後の若い男だ。黒いジャケットを着て、小粋な丸眼鏡をかけている。木山彰一の健康的な顔を思い出した。似ても似つかないタイプだ。

まさか――。いったんは疑念を振り払ったが、思い立って先月十九日の伝票を見てみた。

あった。この日も馬場浩一は来店している。現金支払い五万円。操作担当者は――T20。偶然の一致だろうか。

「吉川、か」

そのビデオテープをデッキに入れた。伝票によると問題の時間は午前十一時三分。何台も切り替わるカメラの一台に洒落《しゃれ》た格好をした男が映し出された。応対している吉川の表情は見えない。

吉川の手元にカルトンが引き寄せられ、通帳がその上に置かれた。

配布品は？

五万円の現金引出しを依頼した客への品はせいぜいティッシュ一個が相場だ。

「ティッシュであってくれ」

心に念じる。場面はまさに一瞬だった。

――木製ブックエンド。

吉川が渡した粗品は、やはりティッシュではなく、木製のブックエンドが入った袋だったのである。もし馬場に対する個人的好意から配布品を選別したのなら、先月、そして今月と同じものを渡すはずはない。吉川恭子は細やかな神経の持ち主なのだ。

ブックエンドのサイズはちょうど今見ているＶＨＳのビデオテープと同じくらいだろうか。それに合わせて作られた袋は、多少の余裕はあるもののそう大きなものではない。一万円札の束を入れたなら、おそらく三百万円でちょうど一杯になる容量だ。

三百万円。それは紛失した現金の額と等しい。

カルトンにのった縦長の紙袋。その中身を見てみたいと思った。その中に入っているのは本当にブックエンドだったのか、それとも――。

現金その場かぎり。再び、伊沢の言葉が脳裏をよぎった。

6

ブティック馬場の融資担当者は木山彰一だった。

「商店街の中でもちっぽけな先ですけど、ここが何か」

木山は、熱心にファイルを覗き込む私の姿を怪訝な表情で見ていた。銀行のクレジット・ファイルには、取引先の経営状態をはじめとする、ありとあらゆる情報が集められている。それに目を通せば会社の沿革から社長の趣味や人柄まで把握することができるのだ。

ブティック馬場は蒲田支店の膝元に延びる商店街の一角にあって売上高は年間で約八千万円。実体は個人商店だが、有限会社組織になっており、社長は馬場浩一。業績はいま一つで、売上から様々な経費を差し引いた後の最終損益はここのところ三期連続の赤字だ。融資を申し込んだ形跡がここ数ヵ月に三度ほどあるが結果は全て見送り。その内の一度は近隣の信用金庫が代わりに貸した。

「業績はあまりよくないようだね。社長はまだ三十三か」

モニタに映っていた若い男の姿を思い出した。従業員なし。つまりあの男が馬場浩一ということになる。

「会ったことはあるかい」

「そういえば今月はじめにまた融資の申込みに来ましたね。断ったけど。数百万っていうせこい額なんですけど、マル保も国金も枠一杯で」

木山は肩をすくめた。「ついでに担保なし」

マル保というのは、信用保証協会という公的機関の保証を付けた融資。国金は国民生活金融公庫で、どちらも中小零細企業の資金調達には欠かせぬ存在である。プロパーというのは、このような保証付きや制度融資と違い、銀行が直接融資する資金のことだが、木山の言う通り、所有資産の一覧表によれば店は賃貸となっていて不動産などの担保はなかった。社長の馬場浩一の住所は目黒区内にあるアパート。これもどうやら賃貸らしい。

「見るべきものの無い会社、か」

「まあ、そんなところですね。新進デザイナーを使った新しい感覚の服を安く提供できないかと始めた商売らしいんですけど、場所がこんな商店街のはずれじゃだめですよ。アイデアそのものは悪くないかも知れないけど、それをやるならもっと東京のど真ん中でやるとかね。まあ、売ってるものが斬新だとかで営業課の女の子たちには人気ですけど、融資課長や支店長の人気はさっぱりってとこですか」

「なるほど」

発想は悪くないが商売下手な男。営業課の女子行員の間で人気とは知らなかったが、吉川もその中のひとりなのだろうか。木山は悪く言ったが、馬場という男がそれなりの志を持ち、熱意があるとすれば、向こう気が強く情の厚い吉川がそれに同調した可能性はある。

「たまに一緒に飲みに行ってる女の子もいるらしいっすよ。どこがいいんですかね、あんななよなよした奴」

木山は馬場のことが気に入らない様子で吐き捨てる。表情に翳《かげ》がさした。言葉以外の感情が潜んでいるのだ。男としての焦燥《しょうそう》、あるいは嫉妬《しっと》。それともその両方か。木山も、吉川と馬場との関係に気づいているのかも知れない。

「ブティック馬場の資金繰りはどうなんだい」

私は話題を変えた。

「良くないですよ。本人は父親がどっかの会社の重役で、最悪の場合でも倒産することはないとか言ってますけど信じられないな。もし本当ならもっとまともな商売になってると思いますけどね。そもそもこんな所にはいないでしょう」

「でも、融資を断っても潰れなかった」

そう言うと木山は鼻を鳴らした。大きくて無骨な指先に翻弄《ほんろう》されるボールペンが小さく見える。器用な回転を繰り返す動きを止め、木山は頭の後ろで両手を組んだ。

「こういう雑草みたいな会社って意外に強かったりするんですよね。社長は金もないのにベンツなんか乗り回してるし。アホらしくて本気で助けてやろうなんて思えないですよ」

「なるほど」

先月末に馬場から提出されたという資金繰り表を眺め、申し込み金額と見送り理由に目を通した。返済能力無し、というのがその理由だ。赤字の企業に借入を返済するだけの力はないということなのだろう。融資の要諦は回収にある。返済できる会社に貸すのが融資で、それがさらに極端になると金のない相手には貸さないとなる。

入行以来十年もすると、銀行の考え方が骨の髄《ずい》まで沁みてくる。融資の現場を離れて五年たつが、しばらく資金繰り表を読んでいると、かつての勘が戻る気がした。並んだ数字の整合性を確かめながら、この会社が置かれている状況を推測していく。

ひとつ気になることがあった。

「この会社、仮に今月を乗り切ったとしても来月になるとまた、運転資金が必要になるんじゃないか」

「へえ。灰原係長、そういうのわかるんですか」

木山は仕事の手を止め、意外そうな顔を向けてきた。

「そうなんですよ。それに今月は期末で、決済額がかなり立て込むらしいですね。月末にも資金がいるんで、今度はウチじゃなくて東京第一銀行さんへ頼むなんて言ってましたけどね」

木山はどこかの取引先が持ち込んだ割引用の約束手形をチェックしながら言う。

「東京第一が融資すると思うかい」

木山の目の奥が光り、残酷とも言える笑みが浮かんだ。

「まあ、無理でしょう。もしかしたらあと数日の命かも」

ブティック馬場への融資額を確認した。マル保で八百万円。仮に倒産しても東京都信用保証協会の保証があるから銀行の焦げ付きはゼロだ。倒産するかも知れないのに木山が悠《ゆう》長《ちょう》に構えている理由はそこにある。

月末まで、あと五日しかない。

7

馬場の店は、間口五間ほどの小さな構えだった。

中央に自動ドアの出入り口があり、両側のショーウィンドウには、若い女性向けと思われる春物のコートを着たマネキンが立っている。それが新進デザイナーの手による最新のモードだと言われても、私にはどこが新しいのかよくわからなかった。

店内は細長く、右側の壁にしつらえた棚にセーターやブラウスなどが並び、中央にジャケット、左側の壁にかかったコートには安売りの赤札が付いている。

奥に小さなレジがあり、私を見ると眼鏡を掛けた痩身の男が立ち上がったが、銀行名を告げると拍子抜けしたようにスツールに腰を下ろした。黒ずくめの洒落た格好は悪くないが、商店街にある一店舗で長髪を掻き上げる仕草は似合わない。

「あれ、いつもの井筒くんはどうしたの」

木山は融資担当だが、その他に商店街を担当エリアにしているのが井筒昌史という業務課の末席だ。私は、井筒は急用で来られなくなったので自分が代わりにお邪魔したといい、名刺を出した。名前だけ確認してテーブルに放りだす。馬場は自分の名刺を出す必要も無いと思ったのか、レジの下に準備していた普通預金通帳と現金を出した。店の売上だろう。何日分か知らないが、全部で十一万円あった。

「これ、入金しといてくれるかな」

馬場はどうやら私を井筒以下の下っ端と勘違いしたようだ。どこの銀行にも溢れているリストラ要員だとでも思ったらしい。まあ、似たようなものだが。

「ありがとうございます」

私は、集金帳に明細を書き入れ、捺印《なついん》した受領証を相手に渡しながら話しかける。

「いつも井筒がお世話になっていますね」

返事なし。

「たまに店頭にいらっしゃることもあるんですか」

なんでそんなことを聞くの、という顔で馬場が振り返った。

「あんまりないよ。来てもらえばそれで済むから」

「昨日、店頭でお見かけしました」

馬場の視線が手元のファッション雑誌から私の顔に戻ってきた。

「急に現金が必要になったもんでさ。現金の引き出しのときにはＣＤコーナーを利用してくださいって言いたいのなら、違うよ。新札が欲しかったから。あれ、窓口じゃないとだめでしょ」

馬場は、なかなか頭の回転の速い男のようだった。むろん、それでなくては吉川ほどの女性が絆《ほだ》されることはなかっただろう。

「先を越されましたか。申し訳ありません」

私はそういい、脇につられたコートの値札を裏返してみた。五万八千円。この手のものとしては安いのだろう。

「新作ですか」

「今年のね。おたくの女の子たち、よく来てくれるんだ」

馬場は少し得意そうになった。

「おたくも奥さんにどう。たくさん給料もらってるんでしょ」

セールスなのか体のいい厄介払《やっかいばら》いか。私は、預かった集金物を黒革のカバンに入れ、代わりに配布品を取り出した。

「お近づきの印に、これどうぞ。粗品ですが」

気のない様子で受け取った馬場は、その重みに興味を惹《ひ》かれたようだった。

「なにこれ」

紙袋を開ける。

「ふうん。ブックエンドか」

「初めてご覧になりました？」

「ああ。いつもティッシュしかくんないからさ」

馬場はいい、手にしたそれをカウンターの端にある注文票の脇に置く。ピンク色のファイルが壁に押しつけられ、ブックエンドはしっくりとその場に馴染んだ。

店を出た私は商店街の抜け道を通って店の裏側に出た。賑やかな表通りからは信じられないほどひっそりとして、古ぼけた二階建ての木造民家が並んでいる。馬場の店の裏に車一台だけの駐車スペースがあり、木山の話に出てきたベンツが停まっていた。深紅のSクラス。まだ新しいから中古でも一千万円近くはしただろう。

そこで車よりさらに興味深いものを見つけた。リヤウィンドウに飾られたクマの縫いぐるみ。昨年のクリスマス・パーティで吉川が引き当てたビンゴの賞品だ。銀行が預金獲得キャンペーンのために製作した限定品で、かなり高額の定期預金やローンを組まないと手に入らないレアものだ。それを大事そうに抱えて帰る吉川の姿は印象的だった。それがここにある。あのあと、吉川はどこへ帰ったのか。

8

朝から落ち着かない。

三月三十一日。多くの企業にとって決算期末になるこの日、店頭は一年で最も多い来店客数を記録する。五十人待ちまで表示するカウンターは、開店後間もなくから点滅を始め、待ち人数がそれを上回ることを告げていた。

馬場の店を訪ねて五日目。この間、何か起きるのではないかという私の予想は外れた。事件の余韻は、検査や人事部調査役の臨店という形で残ってはいるものの、支店内の関心は少しずつ薄れ始めている。

だが、私の中では違う。この五日というもの、私の緊張感は日毎に増していった。東京第一銀行の融資を頼みにしていたブティック馬場の決済日は月末。おそらく融資は無理だという木山の読みに私は賭けた。

ブティック馬場はこの月末にも資金ショートする。

倒産の危機に瀕《ひん》した馬場がどんな手段に出るかは明白だ。問題はそれがいつ行われるのか、ということだった。そして今日が馬場に残された最後の一日になるはずだ。

午後一時過ぎ、未決箱に山盛りになった伝票を前にしていた私は、支店の自動ドアをくぐってきた馬場浩一に気づいた。馬場はまっすぐ番号札の発行機まで行ってそれを抜く。作業に没頭している吉川が気づいて顔を上げた。

八十五番。

馬場の指先でさりげなく振られた番号札。吉川の視線がそれをとらえ、いらっしゃいませ、と声を掛けた。

合図だ。そう思った。二人だけの信号。番号札をとった客は、窓口のテラーのうち手の空いた者から順番に呼ぶ仕組みになっている。吉川の実力なら、処理時間を調整して八十五番が自分のところにくるようにするのは容易だろう。いま呼ばれている最新の番号は三十二番。五十人以上の待ち人数の場合、待ち時間は三十分ではきかない。

ついにきた——。

その数十分が永遠とも思われた。私はその間デスクに座りつづけ、多忙の中でも笑顔を絶やさない吉川の動きをじっと観察した。

私はこの数日の間に、噂が単に噂でしかなかったことを身に染みて実感していた。

木山彰一と吉川の交際は、木山の独りよがりが生んだ根も葉もない噂だった。馬場浩一をめぐる吉川恭子の恋敵が枡野理江だったことも知った。情報源は本村渚だ。あの私物検査以来、本村の中でも何かが壊れた。

支店を出た吉川恭子がいつも向かうのは、自宅に帰るためのJRの駅ではなく、東急蒲田駅だ。下車するのは目黒と蒲田とを結ぶ東急目黒線の不動前駅。彼女が消えたアパートの郵便受けには、馬場浩一の名前があった。駐車場に深紅のベンツが帰ってくるまで吉川は待ち続け、きまって午後十一時前に帰っていく。おそらく帰宅は深夜零時近いはずだ。

「八十五番のお客様」

一時四十分。吉川が番号を読み上げた。壁際にもたれ、セカンドバッグを小脇に抱えた馬場は、中から普通預金の通帳と払い戻し請求書を出した。吉川はそれをカルトンにのせ、オンライン端末で引き出し額を操作する。五万、あるいは十万。いずれにせよ、少額だ。

画面を見つめていた吉川は、コンピュータの処理画面が変わると伝票を入れ、それが印字されるまで待った。傍らのオートキャッシャーが回りだし、十枚ほどの一万円札を吐き出す。

出てきた通帳と金をカルトンにのせた。カルトンはまだ吉川の作業台の上だ。

そのとき、彼女の腕が足元にある四段抽出へと伸び、粗品を引っ張り出すのが見えた。

木製ブックエンド。それがいまカルトンに添えられる。

「ありがとうございました」

　カルトンが馬場に差し出されたとき、声を掛けた。

「馬場様」

　通帳をバッグに入れようとした馬場の手がぴたりと止まる。

「先日はお世話になりました。灰原です」

　馬場は無理に笑みを浮かべようとした。代わりに唇が歪んだ。

「ああ、あんたか」

「この前、木製ブックエンドはお渡ししました。他のものの方がよろしいと思います」

　とっさに吉川が手を伸ばす。私のほうが一瞬速かった。手にした紙袋に木製品の重みは無い。馬場は瞬きすら忘れて私の手の動きを凝視している。吉川が燃えるような目で私を見ていた。

　二人の前で、私は糊付《のりづ》けされた封を破った。一瞬、あたりの物音が消え、色彩の無いモノトーンな空間に埋もれた錯覚を覚える。

　紙袋を振ると、中に入っていたものが飛び出し、カウンターの上ではねた。

　一万円札の束が三つ。

「恐れ入りますが、あちらへお願いします」

　周囲の怪訝な眼差しの中、私は片隅にある応接用ブースを指した。それから魂が抜けた表情で、まっすぐ前を向いたままの吉川の前に、灰色に白抜きで書かれた案内板を置いた。

お隣の窓口へどうぞ――。

「八十六番のお客様」

ふいに枡野が番号を呼んだ。周囲の音が戻ってくる。BGMが鳴り、店内は再び客の人いきれとざわめきに包まれ始める。猛スピードでコンピュータのキーが打たれ、用紙がプリントアウトされ、印鑑照合が行われる。客の名前を呼ぶ声、検印を得るため走る者、殺《さつ》伐《ばつ》とした短い会話。ここは戦場だ。長くいればそれだけ何かが失われていく。それは私にとっても例外ではない。

呆然としていた吉川は、はっと我に返ると、職業本能か、点滅しはじめた待ち人数表示を一瞥した。それから手元に残った未処理の書類を片づける。見事な手際だ。私は彼女のきびきびとした動きが好きだった。そうやって吉川恭子は銀行での最後の処理を終えると、立ち上がってキャッシュ・ボックスに鍵をかける。

「申し訳ありません。席を外します」

傍らで一部始終を見ていた伊沢女史に頭を下げると、彼女は窓口に差してあるネームプレートを抜き、それを丁寧にカウンターに置いた。彼女にはわかっていたのだろう。いつかこの時が来ることを。

「行きましょう」

蒼白な顔で立ちつくしている馬場を促すと、彼女は先にたって歩き出した。私は手にしていた現金を伊沢に渡し、大きくため息をつく。午後二時。忙しさはこれからがピークだ。

口座相違

1

差し出された伝票を見たとき、目の前が暗くなった。二月二十五日、給料日と企業の決済日が重なる繁忙日の午後三時過ぎのことだ。

「申し訳ありません」

深々と頭を下げた山崎紗絵《さえ》の脇で、田島利香はどこか白けた表情で突っ立っている。まるで自分のミスのように沈鬱《ちんうつ》なベテランと、まるで他人のミスのように平然としている新人――。

萬田武彦はため息を一つ洩《も》らし、先方に連絡をとるよう指示を出した。そして紗絵がオンライン端末からプリントアウトしてきた「残高明細」を手に取ってみる。

いい加減にしろ。そう怒鳴りたかったが、怒鳴ったところでどうにかなるものでもなかった。やってしまったものは仕方がない。覆水盆《ふくすいぼん》に返らず。

「残高明細」には預金口座の種類と残高が記されている。取引先名の欄に記載されている名前は株式会社橋本商会――。

確かに似てはいるが……。

事の顚末《てんまつ》はこうだ。取引先の橋本商事という会社へ、他行から電信扱いの振込みがあったのだが、振込依頼人が指定した口座番号が間違っていたため銀行のホスト・コンピュータがエラーではじき出した。このこと自体はそれほど珍しいことではない。正しい口座番号に訂正して入力すれば済むはずだった。

ところが、利香はその正しい口座番号を調べようとして一つのミスを犯したのだ。検索画面に「橋本商事」ではなく、「橋本商会」と入力してしまった。そして運の悪いことに、ここ東都銀行渋谷支店には、橋本商会という取引先もまた存在した。ただし、橋本商事とは何の縁もゆかりもない別会社である。

萬田はもう一度、橋本商会の残高明細に目を落とした。

間違って振込んだ三千万円の金はまだ口座に残っている。もし、こちらがミスに気がつく前に引き出されていたら大変なことになっただろう。

不幸中の幸い。ひそかに胸を撫で下ろしたとき、紗絵が浮かない顔をして戻ってきた。

「橋本商事さんには入金が遅れたことはお詫びして了解してもらいました。ただ、商会さんのほうは連絡がつかないんです」

「弱ったな」

ミスであっても、いったん入金すれば記録され、通帳を汚す。先方に一言断った上で処理するのがスジだ。

「どうしましょう」

「こちらから出向くしかないだろうが、その前に副支店長の耳に入れないと。なにせ——口座相違、一件だからな」

紗絵はますます肩を落として、もう少し注意していれば、と悔いた。

「今さら仕方がない。田島にはよく指導してやってくれ」

口座相違は、東都銀行が決めている支店の業績考課では大きなマイナス・ポイントになる重大過誤のひとつだ。一回犯すだけで支店の「表彰」はぐんと遠ざかる。紗絵が落胆しているのは単にミスをしたということだけでなく、成績の足を引っ張ってしまったことを気にしているからだった。

立ち上がった萬田は忙しさのピークに殺気立っている営業室を出ると、沈鬱《ちんうつ》な気持ちで副支店長のいる二階への階段を上り始めた。


二十分後、萬田は紗絵と二人で東都銀行渋谷支店の裏口から出た。

「なんとかもみ消せ」

それが副支店長、梨田滋《なしだしげる》の指示だった。

「もみ消す……？」

問うた萬田に、お前もわからん奴だ、と言わんばかりにタバコを灰皿に押しつける。

「だから、その橋本商会から三千万円の小切手をもらって、当座預金から払い出したことにすりゃいいじゃないか。うちで訂正オペレーションさえしなければ口座相違したと本部の連中にはわからない」

「それはまあそうですが……」

元来が曲がったことの嫌いな性格だ。思わず口ごもった萬田に代わって、行ってきます、と言ったのは紗絵だった。こら。目で制した萬田に、紗絵は決意を込めた目で応えた。

「課長は検印があるでしょうから。私ひとりで大丈夫です」

営業課一のしっかり者だが、言い出したらきかない頑固なところが玉に瑕《きず》だ。

裏口を出た萬田は、焼鳥屋の並ぶ裏通りを回り、東急バスのロータリーを渡った。紗絵はどこか不機嫌な表情ですぐ後ろをついてくる。手に銀行のロゴが入った紙袋を提げ、中に彼女らの言うところの「一千万円パック」を入れている。中味は、一千万円以上の定期預金をしてくれた客用の粗品の詰め合わせだ。

「ミスはミスで仕方がないじゃないか」

横断歩道を渡りながら萬田は愚痴《ぐち》を言った。

「課長は欲が無さ過ぎます」

紗絵は言いにくいことをはっきり言う。萬田は思わず足を止めて苦笑するしかなかった。

萬田を追い抜いてとっとと横断歩道を渡り終えた紗絵は、東口へ通り抜けのできる渋谷駅コンコースを足早に歩き歩道橋を上る。午後四時前。二四六号線の渋滞も激しくなってきていた。

株式会社橋本商会の住所は、渋谷三丁目だ。駅前の歩道橋を下って小道に入り、古川に沿って歩いた。古川はコンクリートで塗り固められ、流れの大半を渋谷の地下に押し込められてしまった川だ。それが、このあたりから地上に水面を覗かせる。以前住宅展示場があった場所が再開発され、小奇麗《こぎれい》なビルが建ち並んでいた。

紗絵は歩きながら、住所を書いたメモと当座預金稟議書《りんぎしょ》のコピーとを広げた。当座預金が作成されたのはつい三ヵ月ほど前だ。見ると定期相談グループの笹本が作成印を捺《お》していた。

「笹本係長か」

「ちょっと心配ですか」

機敏に萬田の心を読んだ紗絵はなかなか鋭いところを突く。萬田が笹本の事務処理にそれほど信頼を置いていないことを知っているのだ。

「まあ、ほんの少しな」

応える代わり、紗絵は近くの電柱に掲げられた住居表示と手元にあるメモとを見比べた。

「あ、この建物だわ」

萬田は立ち止まり、目の前にある古ぼけた雑居ビルを見上げる。「太平洋ビル」という名前の入ったプレートが入り口脇にはまっていた。

「おかしいわ。橋本商会なんて会社、入ってないみたい」

六階建ての細長いビルに郵便受けは六個。全て埋まっているが、紗絵の言うとおり、探している会社の名前はなかった。登録されている住所は「太平洋ビル三F」となっているが、そこに入っているのは雀荘だ。もちろん、橋本商会は雀荘ではない。稟議書によると経営コンサルタント業ということになっている。

「商号変更でもなさそうですね」

振り向いた紗絵は、どうしますか？　と目できいてきた。

「行ってみよう」

埃《ほこり》っぽい三段だけの階段を上った萬田は、通路の突き当たりにあるエレベーターに乗り込み三階まで上った。

ドアが開いた瞬間、牌《パイ》を転がす音がかすかに聞こえてきた。

狭い店内に麻雀卓が数卓置かれている。手前の卓を囲んでいる男達は、繁忙日のこんな時間から興じているだけあってとてもまっとうな職業とは思えない。奥の卓では、学生らしい若い男達の姿も見えた。

タバコの煙が天井を這《は》っている。

萬田は店の奥まで進み、雑誌をひろげていた店番の男に声をかけた。

「こちらに橋本商会さんという会社が入っていたはずなんですが」

男は面倒臭そうに本をテーブルに置き、萬田と紗絵を眺め見る。

「橋本商会？　さあ。わかんないですけどね、そういうの。不動産屋にでもきいてもらわないと」

「このビル、どちらの不動産屋さんが管理しているのか教えていただけませんか」

そうきいたのは紗絵だ。男はまじまじと紗絵を見つつ、困惑顔で頭を掻《か》いた。

「アルバイトだからさ、俺。そちら様は？」

萬田は着込んだスーツの内ポケットから名刺を取りだす。銀行……と唇がつぶやいた。拍子抜けしたような言い方にけったクソ悪いとでも言いたげな感情がこもっている。世の中で銀行の評判はすこぶる悪い。

「こちらはどのくらい前から入居されているのですか」

さあ。男は首を傾《かし》げただけだ。アルバイトでは相手にしても仕方がない。邪魔をしました、と男の前を辞去した萬田は、入り口のドアに貼り付けられた『麻雀　紫苑』というプラスチックのプレートに目をやる。ビルも卓も古めかしいが、このプレートだけが真新しかった。雀荘がここに入居したのは、おそらく最近だ。一方、橋本商会が東都銀行渋谷支店に当座預金を開いたのは、三ヵ月前。すると同社は当座預金を開設してからすぐ、住所の変更も告げず引っ越したことになる。

紗絵と視線を合わせた。

「わざわざ当座預金を開設したのに、住所の変更も届け出ていないって、どういうことなんでしょう」

紗絵が萬田と同じ疑問を口にした。

銀行の預金口座の種類には、一般的に利用されている普通預金や通知預金、定期預金といったもののほか、会社などが決済用に利用する「当座預金」という預金口座がある。当座預金は、主に会社がものを買ったりサービスを受けた代金として振り出した小切手や手形を決済するための預金口座だ。普通預金などと比べると格段に開設審査が厳しいことから、当座預金を持つこと自体、信用になる。

「橋本商会の業績、どうだったんだろうな」

「気になりますね」

萬田の言いたいことを先取りし、紗絵は思いつくことを口にする。「廃業、倒産、夜逃げ……。不渡り報告を見逃したってこと、ないですよね」

紗絵に言われ、萬田はぐっと言葉に詰まった。不渡り報告とは、手形交換所が毎日発行している不渡りを出した会社のリストだ。橋本商会という名前がそこに載っていたのに見過ごしたとなれば、これは萬田のボーンヘッドということになる。

重い気分のまま帰店した萬田は、真っ先にそれを調べ、橋本商会に不渡りの事実がないことを確認してから、梨田に状況を報告した。

2

コンピュータ端末に表示されていた取引画面の動きがいったん止まり、右下に「完了」の文字を映し出す。途端に、ああ、という落胆の声が見ている行員達の間から起きた。口座相違の訂正オペレーションを終えた萬田は立ち上がると、「諦《あきら》めるな。気を緩めないでがんばってくれ」と言うしかなかった。口先だけと言われても仕方のない激励だ。ミスを犯した利香はさっさと自分のデスクを片づけて素知らぬ顔で業務日誌を書いている。

「田島さん！」

紗絵が鋭い口調で呼びつけると、利香はゆっくりした動作でボールペンを置き、すごすごとこちらにやって来た。動作が遅い。それを言う代わり、紗絵は靴の踵《かかと》を鳴らした。利香からはまだ謝罪も反省の言葉も出ていない。

萬田は立ち上がって利香と対峙《たいじ》した。

その瞳が揺れ、神妙な顔つきになる。

「単純なミスでも、結果は重大ということもある。そうなったら皆が迷惑する。自分の仕事にもっと責任を持ってもらわないと……」

萬田はうんざりした。利香の表情が泣き顔に変わったからだった。

やれやれ。

一通りの小言を言い、後を紗絵に任せた萬田は、手形帳の発行リストを覗いてみた。

橋本商会に何冊の手形帳を交付していたのか気になっていたのだ。交付とは、東都銀行が用意している小切手帳を渡すことを言う。いま世の中で流通している手形の大半は、取引金融機関から交付されたもので、市販の手形が使われることはまずない。東都銀行の例でいえば、取引先に交付する手形は事務センターで取引先番号や通し番号を印刷したものを渡すことになっており、申し込みから交付まで二営業日の日数がかかる。

手形も、株券などと同じ有価証券であり、濫発《らんぱつ》されたら混乱を招く。そのため取引先の会社が倒産した場合、交付している手形帳は全て回収するのが金融機関の常識だ。

橋本商会の当座預金の開設は十一月二十日だった。

手形帳の交付は、その五日後の二十五日。冊数欄に書かれた「1」の数字を萬田はじっと眺めた。ページをめくり、その後にも交付記録がないか調べてみたが見当たらない。

「一冊だけか……」

萬田は笹本のところまで行き、橋本商会の当座開設日からの「異動明細」を出すよう命じた。

「三ヵ月分ですか」

もともと自分が稟議書を書いた相手なのに、笹本は労を惜しんで少し嫌な顔をする。でっぷりと脂肪太りした笹本はベルトの上に、黄色くなったシャツの腹が迫《せ》り出していた。一ヵ月分ならオンライン端末で簡単に調べられるが、それ以前のものは、金庫内のマイクロフィルムを出庫して検索しなければならない。それが面倒なのだ。このクソ忙しい中、そんな余力などどこにもないと言いたげだが、忙しいからと後回しにできる性質のものではない。なんなら俺が調べるから保管庫の鍵をくれ、というと笹本は渋々調査を承諾したのだった。

続いて、萬田は当座預金稟議書に添付された橋本商会の決算書に目を通した。昨年度の業績は、売上五億、当期利益三千万円――。悪くない。経営に行き詰まったという最初の見込みは外れたように見えた。この不景気に、たとえ小さくてもこれだけ収益効率の良い会社を探すほうが難しいくらいだろう。

稟議書には、銀行独特のお役所的言い回しで笹本のコメントが入っていた。

〝従来より普通預金のみ取引していたが、売上急伸。当座開設のニーズ高まり、今回の申し出となったもの。社長人柄堅実。是非とも応じたい〟

ところが、稟議書の検印欄に萬田の印が無かった。稟議書の日付は十一月十五日。研修期間中で萬田が店を留守にしていたときのものだ。橋本商会という名前に聞き覚えがないのが不思議だったが、その謎が解けた。

会社概要に記された代表者欄には橋本浩二という名前がある。年齢は三十七とまだ若い。世田谷区の住所だ。萬田はそこに記された電話番号にかけてみたが、こちらは「現在使われておりません」というメッセージが流れた。稟議書には、「可」と赤文字で支店長の高橋が豪快な筆致で入れている。東都銀行の中でも大きな店舗ばかり三ヵ店の支店長を務めた高橋は、豪腕経営で知られていた。知略に長けた高橋が承認するほどの会社だ。それなのに――。

おかしい。

突然連絡がつかなくなるなんてあり得ない話だった。

三十分後、笹本から届けられた調査資料に目を通した萬田はさらに首を傾げた。当座預金を開設してからの三ヵ月の間に橋本商会が手形を決済している痕跡《こんせき》はない。もともとメーンバンクとして利用している銀行があって、ほとんどの取引をそちらで行っているのかも知れないが、ならばわざわざ東都銀行で口座開設した意味がないことになる。

「どうですか、課長」

午後七時近くになって、ようやく残務整理が一段落した紗絵がやってきた。

「田島はどうした」

紗絵はうんざりした顔で鼻を鳴らした。

「ロッカールームでふてています。もう仕事が終わったので帰そうと思いますけど。橋本商会さんのほうは？」

「稟議書を見る限り、飛んで消えるような会社じゃないようだね」

笹本の書いた稟議書をまじまじとみた紗絵は、確かにそうですね、と腑《ふ》に落ちない表情でつぶやいた。

萬田は笹本を呼んだ。

「橋本商会、最近、店頭には？」

「いえ。このごろは見かけませんが」

「最近はいつ来た？」

笹本は分厚いメガネの奥から小さな目で萬田を見た。

「当座預金の開設を申し出てくる以前は、よく来てました。定期預金を作ったりしてくれて」

「定期預金？」

笹本はオンライン端末の前に座ると、橋本浩二の預金残高照会画面を出力した。

「ほら見て下さい――あれっ」

萬田と紗絵もその画面を覗き込んだ。

定期預金の残高はゼロ。すでに払戻しされた後だ。

「いつの間に……」

笹本は軽く舌打ちする。

「定期預金の金額は？」

「五百万円ぐらいだったと思いますけど」

素早く紗絵が検索した。

「先月十日に中途解約されてますね」

「これじゃあ、まるで見せ金だな」

萬田の言葉に、笹本も渋々うなずく。そのとき、萬田は、当座預金の稟議書ファイルの底に剝《は》がれて落ちたらしい付箋《ふせん》を一つ見付けた。

〝税金納付書の控えを申し受けること〟

紛れもない高橋支店長の筆跡だった。それを拾い上げた途端、笹本の顔が強ばった。

「この稟議承認、条件付きだったんじゃないのか、笹本係長」

萬田は言った。

「ここに添付されている決算書ぐらいならいくらでも偽造できる。疑いだしたらきりがないが、本当にこの内容で申告をしているのか納付書の写しをもらうよう言われていたはずだ。それはどうした」

「一応、社長にお願いしてあったんですが、なかなか持ってきてもらえなくて」

つまらぬ言い訳だった。

「だったらなぜ当座預金口座を開設した」

「一応、副支店長にもご承認頂いてますし……」

信用できない奴。梨田が納付書の控えをもらえという条件を知っていたとは思えない。梨田も小狡《こずる》いところのある男だが、知っていて条件違反をするような性格ではない。定期預金の実績欲しさの笹本がそれを言わなかっただけだ。

見切り発車で当座預金を開設しただけでなく、手形帳も交付してしまった。いつもながら、笹本のいい加減さには腹が立つ。

「すんません」

萬田と紗絵の冷ややかな視線に晒《さら》され、笹本は上っ面だけの詫びを口にすると、贅肉《ぜいにく》のついた背中をひょいと丸めて自分の席へそそくさと戻っていった。

3

会社が一つ、所在不明になった。

それにどう対応すべきか、結局、明確な対応を打ち出せないまま、結論は先送りされることになった。

橋本商会の当座預金そのものを強制解約してしまうか——。

そんな強硬意見も出たが、住所変更の届け出を怠ったぐらいでそこまでするのは過剰反応ではないか、という支店長の意見で解約は見送られた。

確かに、連絡先を届け出ない理由は定かではないが、銀行が法的措置をとれば相手に損害を与えてしまう可能性もある。問題が無ければとりあえず様子をみようという、高橋にしては曖昧《あいまい》さを残した決着だった。結局、笹本の違反行為だけが厳しい叱責を受けることとなった。

二月二十五日以降、銀行業務は三月の年度末に向かって加速度的に忙しさを増していく。支店長から調査の継続は命じられたものの、目の前にある仕事をこなすのが精一杯で、時間は瞬くまに過ぎていった。

そして、いよいよ三月の月末を迎えた。日本の会社の七割は三月を会計年度末にしていると言われる。銀行にとって一年で最も忙しい一日だ。

その日も、開店と同時にどっと客が押し寄せてきた。番号札の発行機は、五十人待ちまではカウント表示するがそれ以上は点滅になる。発行機は開店と同時に点滅を始め、ロビーは立錐《りっすい》の余地もないほどの客で溢《あふ》れた。

支店に勤務する行員全員が寡黙になり、ぴりぴりと苛立《いらだ》ち、そして何かに憑《つ》かれたように伝票が処理されていく。行員達がフロアを足早に行き交い、猛スピードで端末のキーを叩く音が細かい芥《あくた》のように積もり重なる。

目の前には検印を待つ書類の山。山崎紗絵がデスクの前に立ったとき、萬田はうっすらと汗をかきながら伝票に目を通していた。開店から一時間、午前十時を五分ほど過ぎたところだ。

「萬田課長」

目を上げた萬田に、紗絵は黙ってその資料を差し出した。

当座預金の残高不足先一覧表だ。

「橋本商会、リストに上がってます」

慌てて萬田はその資料に目を落とした。

「一億五千万円の不足か……」

その事実は重い錨《いかり》となって萬田の胸に沈んだ。このまま入金がなければ不渡りになる。

「どうしましょうか」

連絡のしようがない以上、待つしかない。

「副支店長には私から話しておく」

紗絵は何か言いたげに萬田の顔を見たが、ただ、わかりました、といって自分のデスクに戻っていった。不渡りになりますね――そう言おうとしたのかも知れない。

引き落とし金額が大きすぎる。

萬田は、肚《はら》の底から嫌な予感がこみ上げてくるのを感じた。

案の定、株式会社橋本商会の不足残高は閉店時間の午後三時を過ぎても埋まらなかった。

「この金額だ。まさか残高が不足しているのを知らないということはないだろうね」

梨田の言葉に誰も返答をすることはできない。そもそも連絡がつかないのだ。

「しかし、住所の変更を届け出ないのは相手の落ち度ですから」

笹本が言い訳がましく言ったとき、萬田はなにかひっかかるものを感じた。

本当に相手の落ち度なのだろうか。

これは悪意なのではないか。

橋本商会は、当座預金を開設した途端、連絡を絶った。最初それを知ったとき、萬田は廃業や倒産といった事態を考えたのだったが、そうではなかった。

普通預金での取引、売上増加という理由、しっかりした業績を詰め込んだ決算書、社長の定期預金——これは全て、当座預金を開設するにふさわしいように見える。だが、裏を返してみるとどうだ。当座預金口座を開設した途端、普通預金の入出金はなくなり、社長の定期預金は解約された。売上増加という話だが、そもそも決算書そのものの真偽が怪しい。どこか、飾り立てた張りぼてを相手にしているような感さえあった。

萬田は、デスクの周りに集まった浮かぬ顔の笹本と紗絵、そして隣の空きデスクでふんぞり返っている梨田を見回した。

「何か気づいたことでもあるのか、萬田君」

梨田にきかれ、萬田は喉の渇きを覚えた。

「これは、当座預金口座の開設が目的なんじゃないでしょうか」

萬田は言った。「開設屋かも知れません」

「開設屋？」

紗絵がぽかんとして繰り返す。梨田は、呆けたように萬田の顔を見ていたが、その顔面が徐々に朱に染まっていくのがわかった。

「まさか……」

絶句した笹本に代わって、紗絵がきいた。

「仮に開設目的だとして、相手の狙いはなんなんですか、課長」

「手形帳だ」

萬田はいい、唇を噛んだ。

「山崎さん、オペセンに電話して、手形交換で回ってきた橋本商会の手形のコピーをファクシミリで送ってもらってくれ。裏書きがわかるように。至急扱いで」

電話をかけにデスクへ飛んでいった紗絵を見送る萬田に、「今日の他行との交信時限、何時だ」と苛立ちを募らせた梨田がきいた。

四時四十五分。

その交信時限内であれば、他行からの電信振込みで資金が送られてくる可能性がある。それを梨田は信じているのだ。いや、ただ信じたいだけなのかも知れない。開設被害にあったとなれば行内の笑いモノになるだけでは済まない。

五分ほどして、近くにあるファクシミリが鳴り始めた。萬田よりも早く紗絵が駆け寄り、それを手にした刹那《せつな》、あっ、と小さな声がこぼれ出た。

「この手形、横川プラスチックさんの裏書きが入っています」

「本当か」

梨田は胸を大きく上下させると、紗絵の手からファクシミリをひったくるようにして自分の目で確認し、茫然となった。その手が震えている。

「融資課に連絡して、横川プラスチックにこの手形が不渡りになっても大丈夫かヒアリングさせろ。大至急だ」

大騒ぎになった。

「どうやら横川プラスチックが他行で割り引いた手形のようだ。不渡りになれば買い戻しを要求されるだろうが、そんな資金はない。横川は倒産する」

そんな情報が融資課で横川プラスチックを担当している柳井洋治から報告されたのはすでに午後四時半近く。萬田のところにも、横川が手形を割り引きに持ち込んだと思われる銀行から数回にわたって決済確認の電話がかかってきていた。

同四十五分、それまで橋本商会の入金を待っていた萬田が内線で支店長の高橋に入金がない旨を伝えると、受話器の向こうからわずかな沈黙が返ってきた。「——やむを得ず。不渡りで戻してくれ」

それは同時に、横川プラスチックに対する死亡宣告と言ってもよかった。

4

横川プラスチックは、京王井の頭線神泉《しんせん》駅に近い旧山手通り沿いに本社を構えていた。自社ビルの一、二階をテナントに賃貸し、三階から五階までを事務所で使っている。萬田が融資担当の柳井と共に同社を訪れたのはその夜、九時近かった。

社内には、まだ大半の社員が残っている。受付で来意を告げると、やがて疲れ切った表情の横川社長本人が現れた。応接室で萬田は横川と対面した。

社長、と言ったきり言葉が出てこない柳井に横川は血走った目を向け、申し訳なかった、と一言告げた。

萬田も横川とは面識がある。いや、横川を知らない者は渋谷支店の行員にいないと言ってもよかった。人が良く社交的な横川はテラーの女性達のウケもいい。支店の取引先でつくる「東都会」で幹事役も務める横川は支店長と個人的にゴルフをする付き合いだ。店頭でたまに面倒な処理を依頼するときは菓子などもまめに差し入れる。銀行に対してそんな気配りをしてくれるのも取引先の中では横川ぐらいのものだ。

いわば取引先の中で絶対に潰れて欲しくない会社、それが横川プラスチックだった。その会社をこちらの事務疎漏《そろう》で発行した手形のために行き詰まらせてしまったのだ。悔やみきれなかった。

「何と申し上げてよいか」

ぐっと言葉に詰まった柳井の代わりに萬田は切り出した。

「ところで橋本商会とはどういうお取引だったんですか」

「もう三ヵ月も前のことだろうか。飛び込みでやってきた」

元気の失せた横川は普段より十も年老いて見えた。

「プラスチック製品の成型機械をラインごと売ってくれないかと言ってきてね」

「機械をですか」

萬田は目を丸くした。横川プラスチックの取引先は大手メーカーが大半で、主要商品はビデオやカメラレンズといった精密なプラスチック製品である。そうした商品をオーダーするのならともかく、機械そのものを売ってくれという申し出は意外というしかない。

「それを、お売りになった――？」

売った。と横川は小声で言った。

「ちょうど受注も減少してきていて、常時休んでいるラインがあったんだ。そのままにしておくのはもったいないと考えていた矢先だった。おそらく、どこかでウチの内情を聞いてきたんだろう。当社としては助かる話だと思った。休眠中のラインを売却して、しかも一億五千万円の収入がある。恥ずかしい話だが、前期赤字、今期の業績もぱっとしない状態で資金的な余裕はこれっぽっちもなかった。天の恵みに思えたよ。愚かだな、俺は」

萬田は首を横に振った。横川がそう思うのも財政の窮《きゅうじょう》状を思えば無理もない話だ。

「すると一億五千万円の手形は全額がその売却代金ですか」

横川に苦渋が浮かぶ。

「そうだ。そして私はそれを関西南銀行で割り引いて資金を作った。すまんな、柳井君」

融資担当の柳井に頭を下げたのは、横川が長らく東都銀行の一行取引だったからだ。無断で他行を参入させたことを詫びる辺り、昔ながらの律儀な経営者気質を感じさせる場面だった。

「迷惑をかけて申し訳ない」

深々と頭を下げた横川に、柳井は慌てて「どうぞお上げ下さい」と言う。

「いや、こんな事態を招いた経営責任を感じているんだ。このところ業績も悪化していたのに、うまい打開策もとれなかった」

「経営責任だなんて。当行も……」

柳井は途中で口ごもる。その態度にひっかかるものを感じたが、それは一瞬のうちに萬田の脳裏から消え去っていった。

「橋本商会さんとそれだけの取引をされたのに、相手の信用照会はされなかったのですか」

横川社長は悔恨の情を浮かべる。

「しなかった。一度、渋谷駅に近い事務所を訪れたことがあるぐらいだ。行ったことはあるかね」

萬田は先月のことを話した。「雀荘が入っていました。こちらも連絡がつかず困っていたところです。社長は？」

「実は、ウチもそうなんだ。何度も面談して私も信用したんだが、大型トラックに機械を分載して運び出したときに手形をもらったきりで……」

萬田の疑問を打ち消すように、横川は舌打ちをして見せた。

「橋本という社長に騙《だま》されたよ。まだ若くて堅実な人柄で、とても人を騙すような感じの男じゃなかった」

堅実な人柄、か。同じことを笹本も稟議書に書いていたなと萬田は思い出していた。

「橋本商会はその機械のラインをどうしたんでしょうか」

「おそらく、どこかのメーカーに納品したんだと思う。現金ではなく三ヵ月の手形で代金を受け取ったのは、そのメーカーからの振込みを待ってくれないかと頼まれたからなんだ」

「人が良すぎますよ、社長」

萬田は感じたことを正直に言った。

「橋本商会と連絡がつくような手がかりは何かありませんか。俺、機械取り戻してきますよ」

柳井が意気込んだが横川は黙って首を横に振った。

「もういいよ、柳井君。橋本をつかまえたところで金が戻るわけじゃない。休眠させていたラインが戻ってきてももう遅いんだ。それにな、実を言うと少しほっとしてもいるんだよ、私は」

萬田ははっとさせられ、横川を見た。

「本業は不振。多すぎる従業員を抱えて、台所は火の車。借金の返済どころか利息の支払いに追われる日々だ。正直なところ、できれば全てを無にして出直したいと思っていたんだ」

横川は腕組みをして上目遣いで天井を見上げた。ぎゅっと奥歯を噛んだ頬《ほお》が震え、ぎょろりとした愛嬌《あいきょう》のある目には今涙が溜まっていた。横川は今年六十になる。創業して三十余年の横川プラスチックには、自分の子供も同然の愛着があるに違いなかった。だが、いまの横川はそれ以上に疲れ果てているように見えた。

「もう一度、橋本商会のビルへ行ってみませんか」

横川プラスチックを出て、道玄坂を下りかけたときそう言ったのは柳井だった。

「橋本商会の不渡りを聞いて他の債権者が来ているかも知れない。その人たちにきけば何か新しい情報をつかめるかも知れないでしょう」

それもそうだ。橋本商会に交付した手形帳は五十枚綴《つづ》り。三枚は横川プラスチックが握らされたと判明したが、他にもまだ不渡り手形をつかまされた相手があるのかも知れなかった。

明日から四月。風はまだ冷たいが、そのどこかに春めいた温《ぬくみ》を感じさせる夜だ。支店の前を素通りして、橋本商会の届け出住所まで徒歩十五分ほどかかる。

橋本商会が入居していたビルの近くまで来ると、建物を見上げている若い男の姿があった。白いワイシャツに地味なネクタイ。黒い鞄《かばん》を提げている。胸の社章に見覚えはなかったが、もしや、と思って声をかけてみた。

「橋本商会さんのご関係ですか」

突然声をかけられ、男はびくりと体を震わせて萬田を振り向いた。警戒心を滲《にじ》ませ、ええまあ、と曖昧《あいまい》な返事を寄越す。

「債権者の方ですか」

男は返答に困った様子だったが、萬田が名刺を出して身元を告げると、ようやくほっとした顔になった。

「お宅、横川プラスチックさんの？」

相手も名刺を出すと、ひょいと頭を下げて挨拶《あいさつ》した。

関西南銀行東京支店　斎藤宏。

瘦身長軀《そうしんちょうく》、生真面目な中に関西風のボケ味のある風貌《ふうぼう》をしていた。横川プラスチックが橋本商会の手形を割り引いていたという銀行の融資担当者だ。斎藤に、今し方横川プラスチックを訪問した帰りなのだと柳井が説明すると、近くでお茶でもどうです、と向こうから誘ってきた。普段は鎬《しのぎ》を削る間柄でも、こういうときの銀行は容易に打ち解け結束する。

「ビルの管理人にきけば、橋本商会の行方がわかるのではと思ったんですが、そもそも管理人なんて上等なもん、いませんでした」

斎藤は苦笑し、ウィンナコーヒーのクリームがついた鼻の下をハンカチで拭った。

「もし、よろしければ情報交換といきませんか」

オープンな斎藤との間で横川プラスチックに対するお互いの融資や担保についての開示が始まった。

「まだ東都さんは担保があるからいいじゃないですか。当行なんか全部〝信用〟です。橋本商会の手形割り引きの分、一億五千万円まる損です」

手形の割り引きというのは、支払い期日が到来する前の手形を銀行が買い取る取引で、融資の一種である。銀行はその手形を交換に回し決済代金で回収する仕組みだから、不渡りになれば損が出る。

「東都さんはどうですか」

きかれ、柳井はさすがに言い淀んだ。とはいえ、斎藤が先に手の内を見せた以上、言わないとまずいと思ったか、重い口を開く。萬田が横川プラスチックに対する東都銀行の融資額を聞いたのはそれが初めてだった。

「当行は約八億円の融資があります。その内、実損になるのはたぶん五億円は下らないでしょう」

そんなに、と斎藤が驚くのも無理はなかった。一社で五億円の損失は都市銀行の東都でも巨額だ。橋本商会の手形を横川プラスチックが裏書きしていると聞いたとき、梨田が顔色を無くしたのも納得がいく。これだけの損失を出せば、支店の経営者である高橋も梨田も人事上の処分になるのは間違いない。東都銀行の中で渋谷支店はエリートコースだが、順調に出世の階段をかけあがってきた二人もこれで先が見えたと言ってよかった。

「実は関西南銀行さんと横川さんがお取引していたなんてこと、今日になるまで知らなかったんです。確かにウチではもう追加融資は難しいとわかってらっしゃったでしょうし、融資の申し出をすれば逆に腹をさぐられる。社長も苦しかったと思いますが、こんなことになるとは……」

うなずいた斎藤は、社長の人柄と業績は連動しないもんですねえ、と人ごとのように感想を述べた。

「とはいえ、ウチのように最近になって東京へ進出した地方銀行は、取引先の業績のことを言っていたら融資は伸びません。無理言って手形を割り引かせて頂いたようなものですから、こうなっても文句の言える筋合いではありませんわ」

斎藤は黒い鞄の中から横川プラスチックに関する資料を出した。資料の上には「社外秘」の文字があるが、お構いもせず、カフェの丸テーブルに広げる。萬田もその数字を見つめた。資料の最後に橋本商会についての信用調査票がついていた。相手先は、東都銀行渋谷支店、担当者は田島とある。

田島利香だ。

彼女のコメントが添えられていた。「決済振りは順調」。柳井があきれ果てた表情を見せた。

「ただ、ちょっと倒産するには早すぎますけど。東都さんでは延滞はありませんでしたか」

「まあ、それなりに」

斎藤にきかれて柳井は言い渋った。何ヵ月ぐらいの延滞ですかと斎藤に突っ込まれ、横川プラスチックが「管理」先に移されていたことを告げた。すなわち倒産予備軍との見方である。新規融資が出ないのも無理はない。

「でもまあ、いずれこうなる運命だったかも知れませんね。業績、相当悪かったですから」

そこまで悪かったのか、というのが萬田の正直な感想でもあった。悲惨な話をどこかとぼけた味に聞こえさせる斎藤の関西なまりを聞きながらテーブルの上の資料に目を通していると、業績不振の横川が置かれていた窮状が胸に沁《し》みた。

萬田がある発見をしたのはそのときだった。

「どうかしましたか、課長」

斎藤と別れた後、萬田の表情が変わったことに気づいた柳井が問う。

「さっきあの銀行の資料を見て気にならなかったか」

萬田はきいた。

「気になる、とおっしゃいますと」

萬田の問いに柳井は問うような眼差しになる。

「日付だ。横川プラスチックが橋本商会の手形を関西南銀行で割り引いた日付。確か一月の八日だったはずだ。なんでそんな中途半端な日に割り引くんだろうと思ってさ。仕入れ代金を支払うために金が必要なら、余計な金利を払わず決済日に合わせるのが普通じゃないか」

「確かに……」

柳井もはっとなった。

支店に戻り、融資課で横川プラスチックの記録を調べた。

「ほら――」

萬田は、横川が手形を割り引いた日付を指さした。東都銀行での割り引き日は、ほとんどが月末か、その数日前に集中している。あきらかに関西南銀行のときとはタイミングが異なっていた。

「早く割り引きをして、そのまま普通預金とかに入れておいたんじゃないですかね。横川社長のお人柄ですから」

それは萬田も考えた。いわゆる「早割り」だ。長く預金に置けば銀行が儲かるため、そのような預金協力をすることは珍しいことではない。

だが、違うのだ。

「関西南銀行の資料の中に、預金の残高推移表があったの、見ただろ」

そういえば、といったものの内容を看過した柳井は、どうでした、と萬田にきいた。

「割り引き直後にも預金残高は増えてなかった」

柳井は考え込む。

「すると、どこかに送金したか、現金で引き出したか……。決済日以前に支払うことはないはずですから送金するとすれば当行です。ちょっと待って下さいよ。預金残高の推移を見てみましょう」

一月の資金の動きを追う。横川プラスチックが関西南銀行で橋本商会の手形を割り引きしたという月だ。

「おかしいな。特に増えてませんね」

横川は割り引きで得た一億五千万円の金を運転資金に使ったような口振りだった。だが、そのように使われた痕跡は見当たらない。

「この金、どこへ行ったと思う」

萬田は問うた。柳井に、というより、自分自身への問いだ。横川は何か隠しているのではないか。そんな思いにとらわれたとき、柳井がふいに目の前の受話器を取りあげた。暗記している番号をプッシュする。横川に直接きいてみようというのだ。

「社長、関西南銀行で橋本の手形を割り引かれたそうですが、その資金のことでわからないことがあるんです」

柳井は率直に疑問を口にした。言《い》い繕《つくろ》ったり回りくどい言い方は一切無し。直球勝負だが、それでいい。若い奴だけの特権、萬田の歳でやると関係がささくれ立つ。

ふうっと頬を膨らませて柳井は受話器を置いた。

「代金を手形ではなく現金で払ってくれという取引先に直接送金したそうです」

「決済日でもない八日にか」

萬田の胸に疑惑の欠片《かけら》が残った。

「どう思いますか」

柳井は萬田の目を覗き込んできた。

「わからん。事実だとすれば、イレギュラーな取引だな。だが、ないとは言い切れない」

表情を揺らした柳井は、困惑を顔に出した。

「横川社長は嘘をつくような人じゃないですよ、萬田課長。銀行にも今までさんざん尽くしてくれて、クレジットカードの獲得運動があれば社員を勧誘してくれたり、ボーナス・シーズンには定期預金協力もしてくれる。そういう人なんです」

「信じるか、横川社長を」

萬田の問いに、「信じます」という一途な言葉で柳井は応えた。

「そうか」

萬田はそうつぶやいただけだったが、同時に、この件に関する疑問はこれだけではないということにも思い当たっていた。

たとえば、橋本商会の行動にも解せない点がある。入手した手形で機械を買ったという事実だ。

もし橋本が開設屋で、しかも悪意がたんまりあるのなら、狙う相手は横川のような業績不振の会社であろうはずはない。もっと金がある相手から、換金性の高い商品を手に入れようとするのではないか。いや、街の金融に持ち込んでもいい。相手とやり方さえ選べば一億五千万円の機械どころか、その十倍もの現金が手に入っただろう。

だが、橋本はそうしなかった。

なぜターゲットが横川なのか。その理由もまた謎だった。

5

結局、橋本商会の行方も真相もわからないまま、横川プラスチックの会社整理は着々と進められた。債権者集会といっても主だった出席者は銀行ぐらいで、横川の主要取引先はほとんど顔を出さないどころか債権の届け出すらしていないということを聞いたのは、実際その場に出向いた柳井からだ。

「現金で一億五千万円、取引先に支払ったという話、やっぱり本当だったんですよ」

確信めいた口調で柳井に言われると、萬田も反論の言葉がない。それで良かったとも言えるし、そんな金があるのなら東都銀行の借金も少しは返済すべきだという言い方もできるだろう。

だが、横川の債権回収一色といってもいい四月が過ぎ、損失額がほぼ確定すると、打ち合わせや日常会話の中で横川の名前が出てくる機会は次第に少なくなっていった。やがて弁護士名で横川の自己破産が通知されると、それまで手続きのために時折支店を訪れていたお馴染みの姿も見られなくなり、このまま事件は風化していくのかと思われた。

そんな矢先、思いも寄らぬところから萬田は再びこの件に引き戻されることになった。

六月。連日続いていた梅雨空に中休みの晴天が覗いた爽やかな午後のことだった。

「課長、ちょっとよろしいですか」

デスクワークから顔を上げると、そこに神妙な顔の紗絵が立っていた。

「貸金庫の代金未納先をチェックしていたんですけど――これ見て下さい」

差し出されたリストの一点を透明なマニキュアをした紗絵の指先が指している。そこに印刷された名前を見た途端、萬田はあっと紗絵の顔をふりかえった。

「これは――」

橋本浩二。

橋本商会の社長だ。

おそらく、橋本の来店時、誰かが取引の勧誘をしたのだろう。そういえば、半年ほど前、貸金庫の新規獲得キャンペーンをした記憶がある。あまりぱっとしないキャンペーンだったが、橋本浩二は偶然そのキャンペーンで貸金庫の新規契約を締結していたのかも知れない。笹本の勧誘で定期預金を作成したように。

貸金庫手数料の引き落としは六ヵ月単位。ちょうど半年を経過した今月、代金未払いでリストに挙がったと見える。未払いなのは、もともと契約を延長する気などなく、ただ当座預金を開設するための点数稼ぎだったからだろう。

萬田は貸金庫の書類を集めたキャビネまで行き、橋本の契約書類を探してみた。

あった。

取扱いは、新人の田島利香だ。検印は笹本係長。渋谷支店のドタバタ・コンビである。

だが、書類の綴りをめくった萬田は、そこに思いがけないものを見つけ、視線を釘付けにされた。

運転免許証のコピーだ。

手続きミス――。

東都銀行の手続きでは、免許証の許認可番号だけ控えればいいことになっている。免許証のコピーは不要。だが、田島はそれをとっていた。

やってくれる。

まさに小さなミスが大きな結果を生む——まさにそんな瞬間だった。

「山崎さん、橋本商会の書類、持ってきてくれ」

紗絵は手回し良く当座預金を開設したときの書類を準備していて、萬田のデスクの上に置いた。橋本個人の印鑑証明書はその一番上に載っている。同姓同名の別人でないことは、昭和三十八年十一月十日という生年月日が一致していることからもわかる。

「住所、違いますね」

「おそらく、この印鑑証明書や商業登記簿謄本を取り寄せた後に引っ越ししたんだろう。そうすれば現住所はわからない。ところがその後偶然に、免許の書き換えがあって、橋本は新しい住所で更新したんだ」

貸金庫の申込書に書かれた住所は、当座預金口座の開設時に登録されたものと同じ。つまり、ニセの住所だった。本来、申込書の住所と身分証明書のそれとが食い違っていればチェックすべきなのに、田島利香はそれを怠っている。事務疎漏もここに極まれりだが、お陰で橋本についての情報を得ることができたというわけだ。

「田島さん——！」

紗絵が呼ぶと、田島ははっと体を起こし不安そうな顔になった。営業課でリーダー格の紗絵に対して田島は恐れるような極端な反応をする。紗絵にはそれが気に入らないようだったが、紗絵の存在がなければ田島がたるんでしまうのも目に見えている。

「あなた、この人、記憶にある？」

首を竦《すく》め、おずおずとやってきた田島は橋本浩二のことを思い出したようだ。貸金庫のキャンペーン期間中、その一件しか新規契約がとれなかったのだという。

「そうそう、すっごくお客さんの多いときだったので、面倒だったからコピーとっちゃいました。ちょうどお客さんに携帯電話がかかってきてロビーの片隅にいっちゃったんで、その隙に」

ぺろりと舌を出した田島利香に、萬田は思わず苦笑した。当の橋本も田島のいい加減さを見抜いていたかも知れないが、まさかここまでとは思っていなかっただろう。「写真と見比べて本人かどうかチェックするだけです」ぐらいのことは言ったかも知れない。でもなければ、わざわざ身元が割れる資料を手渡すとも思えなかった。

田島には今後気をつけるようにいい、萬田は早速住所をもとに電話番号案内で調べてみる。

非公開にしているかと思ったが、橋本はそこまでは警戒していなかったようだ。おそらく、こんなことから連絡先が知れるとは予想だにしていなかったに違いない。

五回鳴ったコールの後、電話口に女性が出た。

「私、東都銀行渋谷支店のものですが、そちらに浩二さんはいらっしゃいますか。急ぎでご連絡したいことがあるのですが」

「主人はいま会社に行っておりますが……どのようなご用件でしょうか」

怪訝な声。萬田は受話器を持つ指に力を込めた。

「会社というのは、橋本商会さんですか」

「いえ、いまは違いますけど。何か？」

相手の声に警戒感が滲んだ。いまは？　その言葉が萬田の胸にひっかかった。

「橋本商会さんの社長さんでしたよね？」

萬田の問いに相手は一瞬、押し黙る。どう応えていいものか、そもそも応えていいものか、迷っているのだ。背後で幼い子供のはしゃぐ声がした。

「連絡をとりたいのですが、いまの職場を教えていただけませんか」

「それは……。あの、失礼ですけど債権者の方ですか」

債権者。その言葉に、橋本浩二の素性が透けて見える。

事情を説明した萬田に、電話の女性はしばらくは声もでなかった。背後で子供が何かせがんでいる。

「すみません、こちらからかけ直してもよろしいでしょうか」

若い母親でもあるらしい女性は嘆願するような声で萬田にきいた。

「構いません。お待ちしています」

受話器を置いた萬田の電話が再び鳴ったのは、それから小一時間も後だったろうか。

「お待たせして申し訳ありません。主人にきいたところお話しても構わないということでした。こうなった以上、主人のほうからもお伺いするつもりだとは申しておりましたが」

そう前置きして彼女は続けた。もう子供は眠ってしまったのか、電話の背後はしんと静まっている。

「もう一年も前のことになりますが、橋本商会は経営に行き詰まりまして、会社を畳むことにしたんです」

「会社を畳んだ……？　一年も前にですか」

橋本が東都銀行の店頭に現れたのは約半年前だ。それでは話が合わなくなる。萬田は唸《うな》った。

「どういうことでしょう。そもそも会社を畳むというのは、清算されたんでしょうか。先程、債権者とおっしゃいましたが」

「難しいことは、私……。でも、不渡りを出す前に債権著の方に集まっていただいて、納得してもらったときいています。主人を支援して頂ける方がいらっしゃって、その方がまとめてくださったんです」

萬田は手元の資料をめくった。商業登記簿謄本によると、橋本商会の設立は平成五年。するといと表向き会社を畳んでも、登記上、会社は存続させた可能性がある。

「その方の援助でしばらくは細々とやっていたのですけど、今度、新会社を設立することになりまして、一応社長としてやらせて頂いております」

わからないのは、橋本がなぜ、東都銀行で当座預金口座を開設しようとしたのかということだ。

橋本の目的は何だったのか。

この件で損をしたのは、結局、会社倒産に追い込まれた横川プラスチックだけではないか。

そのとき、萬田の胸に幾度となく繰り返されてきた問いが浮かんだ。

橋本はなぜ横川を狙ったのか？

萬田は、横川プラスチックの名前を口にした。もし橋本との因縁がわかれば、謎は解ける。わからなくても手がかりぐらいつかめるかも知れない。そう考えてのことだ。

「横川？　あの横川さんのことでしょうか」

「ご存知なんですか」

勢い込んだ萬田に意外な答えが返ってきた。

「もちろんです。主人が独立するときからお世話になっている方ですから。会社が行き詰まったとき、債権者をまとめてくださって面倒みていただいたのが横川社長だったんです」

6

電話を終えて受話器を戻したとき、思わず顔をしかめたくなるような苦々しさが萬田の胸にこみ上げてきた。

横川は橋本のことを「飛び込みでやってきた」と言ったはずだ。

それが嘘だというのか。

受話器を置いた萬田は、今まで自分が考えてきた事件の構造をもう一度頭の中で描き直していた。

手形狙いの当座預金開設。その手形を使った詐欺まがいの手口。それにひっかかって倒産を余儀なくされた最大の被害者横川プラスチック——。

だが違ったのだ。

「課長、大丈夫ですか」

萬田の顔色が変わったのを気遣い、紗絵が声をかけた。隣に、橋本と連絡がついたと聞いたのだろう、目にふつふつと怒りを溜めた柳井が並んでいる。

「横川社長はあの手形が不渡りになることを知っていたんじゃないだろうか」

萬田のつぶやきに柳井は目を剝《む》いた。

「どういうことですか、課長」

「この手形をつかめば自分が倒産する。それを最初から予期しながら橋本に機械を売ったってことだ」

紗絵と柳井が顔を見合わせ、まるで萬田がおかしくなってしまったのではないかという眼差しになる。

「そんなことあるわけないじゃないですか」

即座に反論したのは柳井だ。

「橋本商会の手形で横川社長は自己破産までしたんですよ。知っていて、自分からそんな罠《わな》にはまる馬鹿がどこにいますか」

「罠、かな」

萬田は柳井に言った。「罠にかかったのは、横川社長じゃなくて、当行のほうじゃないのか」

柳井は肩を竦めた。萬田の勘違いをどう説明していいかわからないという戸惑いは、やがて苛立たしげな咳払い一つに変じた。紗絵は成り行きを見守りつつ、萬田の次の言葉を待って息をひそめている。

「柳井君、横川プラスチックは業績が相当悪化していて、いつか倒産する運命だった。確か関西南銀行の斎藤さんも同じようなことを言っていたな。いずれこうなる運命だったかも知れませんね、って。覚えてるか」

「覚えてますよ。覚えてますとも。だけど、萬田課長だって、横川社長の無念の表情を見たでしょう。あのときの涙が嘘に見えましたか」

嘘には見えない。確かに。それは柳井の主張するとおりだ。だが、それは手塩にかけた自分の会社がなくなることについての涙であって、考えようによっては嘘をついてまで会社を倒産させなければならないことへの無念とも映る。

「横川社長は、橋本という男と懇意だった。これは間違いのない事実だ。そしてそのことを横川社長は隠していた。これはどう説明する」

その口調はほとんど自問に近い。柳井からも紗絵からも、応えはなかった。

「横川社長が我々に橋本との関係を隠していたのは、機械を売って不渡り手形をつかまされたということを自然に見せかけるためじゃないか？」

「答えになってませんよ、課長。そんなことして何の意味があるんです」

意味、か。

そう、そこが問題だ。

横川プラスチックを被害者と思ったのは、この件がもとで倒産したからだ。だが、もともと倒産する運命にある会社だったと仮定すれば、どうだろうか。

「橋本商会の手形を割り引きして得た資金は全て取引先に支払ったと横川社長は説明した。実際に、債権者集会に集まったのは銀行以外は小口の債権者ばかりだった。それは君からきいた。横川社長は、倒産を予期していて、大事な取引先に迷惑をかけないよう最初から配慮していたとしたらどうだ。そのためには新たな資金が必要だった。しかし、商売上受け取る手形は割り引きして運転資金に使わなければならない。だから、橋本商会という会社に機械を売ったことにして、その手形を割り引き、資金を作った――」

「ちょっと待って下さい。倒産覚悟の人がなんでそこまでして取引先を大事にする理由があるんですか」

柳井の疑問はもっともだが、その解答を導き出すヒントを橋本の妻は与えてくれていた。

「自分が再出発するときの信用をつなぐためじゃないかと私は思う」

「そんな無茶苦茶な。相手はあの横川社長ですよ。誠実を絵に描いたような人です。今までさんざん銀行のために尽くしてくれたんです。第一、機械は本当に運び出されて無くなっていたんです。そのくらいのこと債権回収のときにちゃんと確認したんですから」

柳井はほとんど喧嘩腰で口角泡を飛ばした。

「機械が工場から運び出されたというのは本当だろう。だが私の想像では、それは第三者に売ったのではなく、橋本の手である場所へ運ばれただけじゃないかと思う。新しく始める会社の工場に設置するためにな」

怪訝な顔をした柳井に、萬田はその会社の名前を伝えた。ワイズ・プラスチックという社名だ。先程、橋本の妻からきいた橋本の新しい職場だ。ワイズ。つまり、横川の会社という意味だろう。

その社名を聞いたとき、柳井はすうっと大きく息を吸い込んだ。そして頰を震わせて興奮していた顔から静かに血の気が引いていった。

「これは横川社長の計画倒産だ」

「計画倒産？」

柳井の口から続いて洩れたのは、「横川社長がなんでそんなことを……」というつぶやきだった。

「そこが問題だな。でも、ただひとつ言えることがある。私は今回の被害者は唯一、横川プラスチックだと思っていたが、そうじゃなかった。一番被害を受けたのは横川さんじゃないんだよ」

その考えは、先程から萬田の胸に浮かんでいたものだ。

「だったら誰なんです。まさか橋本商会だとか言うんじゃないでしょうね」

「まさか」

穏やかな昼下がり。月中《つきなか》のフロアでは数人の客がのんびりと雑誌を広げていた。「三十六番のお客様——」番号を呼ぶ機械の声が響き、顔なじみの商店主が窓口に立ったところだった。

「最大の被害者は銀行だ。当店の実損は五億、関西南銀行、一億五千万円。支店長以下、厳重注意。違うかね」

柳井は唇を噛んだ。

「それじゃあ、萬田課長は、横川さんが銀行を罠にかけて計画倒産を図ったと言いたいんですか。横川さんに限ってそんな裏切るような真似を——」

「じゃあ、銀行はどうだ」

萬田は、柳井の言葉を遮った。

「横川社長は今までさんざん東都銀行渋谷支店のために尽くしてくれたと君は言った。その誠意に対して当行はどんなお返しをしただろうか。いいか、これは銀行員としてではなく、一個人の意見として横川社長の気持ちになって言わせてもらう。業務運動があれば真っ先に協力し、懇親会の幹事も務め、気を遣って差し入れまでする。そこまで尽くしてきたのは、いざというとき助けてもらえるという気持ちがあったからだろう。ところが、当行は横川プラスチックを管理先に移し、新規融資を断った。もらうものだけもらい、与えるものは何も与えない。いろんなことに担ぎ出し、さんざん協力を頼んできたくせに、いざとなったら全て引き上げようとする。これが裏切りじゃなくてなんだ。銀行を裏切ったのではなく、銀行に裏切られた、横川社長にすればそれが正直な思いなんじゃないか。横川社長は生き残るための選択をしたんだ」

しばらく、柳井は何も言えず、俯《うつむ》いたまま黙っていた。

やがて顔をあげた柳井は、いつか横川がそうしたように、歯を食いしばり、涙を溜めた目で天井を見上げた。

どれくらいそうしていただろうか。

「横川プラスチックの経営がおかしくなった原因は当行にあるんです」

そんな言葉が聞こえてきた。萬田の前に伝票の入ったバスケットが一つ、ぽんと置かれた。持ってきたのは田島利香だ。深刻な表情の紗絵と柳井の顔を好奇心まる出しの目で見て、持ち場へ戻っていく。萬田はそのどこか幼さの残る姿を見送り、柳井に話を促した。

「二年前、当行は千葉県内の土地購入を横川プラスチックに迫ったんです。名目は新工場建設、五億円を融資するから自己資金ゼロでも買ってくれというものでした。気乗りしない横川社長に、支店長と副支店長が日参してついに首を縦に振らせたのはいいんですが、その後受注が冷え込んでしまって……。そもそも横川プラスチックの経営が悪化したのは、この過剰投資が原因なんです。そういえば以前、横川社長に言われたことがあります。銀行さんは自分が頼むときだけ調子がいいねって。確か、申し出のあった運転資金を断りに行ったときだったと思いますけど」

「なんでそんな土地を買わせたのよ」

それまで黙って聞いていた紗絵の非難に、柳井は「裏があったんだ」と言った。

「その土地は倒産した会社の所有物で、横川プラスチックが買った五億円で千葉支店の不良債権を回収したんです」

「ひどい……。それじゃあ、銀行のために横川さんは犠牲になったようなものじゃない。やっぱり一番の被害者は横川社長だと思います」

「所詮、金貸しだよ」

柳井の自嘲《じちょう》に、ふざけるな、と萬田は叱った。柳井にしか聞こえない小さな声だったが、萬田が言葉に込めた怒りの激しさに、柳井は見えない矢に射られたように体を反らし、そのまま凍りついた。

暇そうにしている笹本を呼び、出かけてくると後を頼んだ萬田は、行くぞ、とその柳井に声をかけた。

「山崎さん、橋本商会から徴求する書類、出して下さい」

いつもの口調に戻った萬田は、上着を着込んで初夏を思わせる支店裏の駐車場へ出た。

柳井が運転する業務用車の助手席に滑り込んだとき、横川の言葉がふと脳裏に浮かんだ。

正直なところ、できれば全てを無にして出直したいと思っていたんだ——。

これから柳井と向かう先は笹塚にある。しがらみを捨て、一から出直した男とそこで再会することに、萬田は一抹の躊躇《ちゅうちょ》がないわけではなかった。横川は新会社の非常勤顧問という立場だという。

だが、知らない振りをしてすますことはできない。

所詮、銀行員だ。

胸の内でそうつぶやいた萬田は、無言の叱責を聞いた。ふざけるな、と。そうだ、もっと大きな声で言ってくれ。叱りつけてくれ。この良心の声が聞こえない馬鹿どもにも十分に聞こえるように。

柳井がギアを入れ、アクセルを踏んだ。

下手な運転だ。車体は一度がくんと前のめりになったかと思うと、あっという間に駐車場を出て、閑散とした幹線通りへと吸い込まれていった。

銀行狐

1

狐は野を駆けるのをやめたらしい。

いまは都会にいる。そしてたまに手紙を出す。悪意をたんまり詰め込んだブラック・メールを。

ぎんこうの　あほどもえ　てんちゅー　くだす　狐

宛先は帝都銀行頭取。市販のコピー用紙にワープロ書きで、「新宿」の消印があった。人を食った文面はあきらかにどこかの脅迫事件を真似たものだ。

脅迫状はさっそく重大なトラブル処理を担当している総務部に回され、後は頼むといわんばかりに開封して五分以内に「特命」の〝ブラックボックス〟に入れられた。帝都銀行でただ一人、不祥事担当を命じられた男のデスクにそれはあった。

指宿《いぶすき》修平が自らの未決裁箱《ブラックボックス》からそれを手にとったのは、午前九時二十分を過ぎたときだった。梅雨の明け切らない六月最後の木曜日のことである。

指宿はその短い文面を二度読み返し、封筒の裏表を慎重に点検した。頭の中にある無数の引きだしの中から「何か」が浮かんでくるのを期待したが、何も浮かんで来なかった。総務部長の戸崎宣之に報告し、次に、気の進まない相手、警視庁の門倉澄男にも連絡した。警視庁捜査一課特殊犯捜査係の刑事だ。

「狐、ですか」

十分ほどで急行してきた門倉は指宿に問うような、或いはどこか疑うような眼差しを向けた。

銀行に恨みを持つ者はごまんといる。恨まれる理由もまたごまんとある。外聞を憚《はばか》るものもまた少なくない。帝都銀行は取引先だけでも二十万社。その大半が表向き「銀行さん」と媚《こ》びるが、裏では「けったくそ悪い」と唾を吐いている。倒産すれば恨みの半分は、「貸してくれなかった」と銀行へ向けられる。「やるべきことはやりますけど、これだけでは」と門倉がいうのも無理からぬことに思えた。

狐の手紙には、「てんちゅー」を下す理由がない。次に、要求と呼べるものがなにもない。要するに動機も目的も不明瞭なのだ。

すると、間もなくして二通目の手紙が来た。七月最初の月曜日のことだった。

そして今度の手紙にはもう少し具体的なことが書いてあった。

しんばししてん　やったる　狐

「〝狐〟しか漢字知らないんすかね。こいつ」

鏑木和馬《かぶらぎかずま》がいった。元気で頭もいいが、少々短気なところもある総務の若手だ。総務部企画グループの所属だが、特命担当である指宿の補佐をつとめている。

鏑木に小馬鹿にはされたが、今度の脅迫状はひとつの方向性を主張していた。新橋支店だ。

2

その男は、黒のポロシャツに膝の破れたジーンズをはいていた。ポケットの辺りに鎖をたらし、気怠そうな雰囲気でフルフェイスのヘルメットをかぶったままゆっくりと店内に入ってくると、キャッシュコーナーへ向かった。

身長は百八十センチほど、脂肪のない引き締まった体型をしている。二十代後半から三十代前半だろうか。袖から伸びた筋肉質の腕は赤銅色に日焼けし、脱いだグローブを右手に揃えて持ち、腰にウエストバッグを巻いていた。

男は平然とした足取りで指宿の正面を横切った。表通りに面したガラス扉には貼り紙がある。

──ヘルメットを着用したままのご来店はご遠慮ください。

無視しているのか、ただ気づかないだけか。真っ直ぐにATMの並ぶスペースまで行くと順番待ちの列の最後尾についた。

指宿はそっと右手を挙げた。「フロア案内」の腕章を巻いた鏑木がゆっくりと男に近づき、右肩辺りに触れる。鏑木の声は聞こえなかったが、指が貼り紙を指した。

男は従わなかった。

客商売の銀行では、ヘルメット着用を理由に利用客をつまみ出すわけにはいかない。貼り紙に強制力はなく、あくまで協力を依頼する程度のものに過ぎない。

「お客様」

と今度その声は多少苛立って指宿のところにも聞こえてきた。置かれている状況が状況だけに鏑木は食い下がっている。列の前後の人が鏑木とヘルメットの男とのやりとりにそれとなく耳を傾けたのがわかった。

「ヘルメットをお取り下さいませんか」

突如、男が怒鳴った。

「うるせえんだよ!」

ヘルメットの内側から発せられたため少しくぐもっていたが、フロアの好奇の目を集めるには十分だった。

やめとけ。鏑木に、指宿は合図を送った。

指宿はロビー全体を見渡すことのできる壁際の席から他の客に目を転じた。午後二時を過ぎて混雑してきた店内には、待ち合い用のソファにも座れず立っている客もいる。目立たないようにしているが、客の中には私服刑事が三人混じっていた。門倉と、門倉が連れてきた若手刑事二人だ。

ロビーの半分はキャッシュコーナーだ。機械は全部で四十台。ATMが、指宿から見てフロアの左側半分ほどをLの字形に囲んでいる。

営業課長の三枝《さえぐさ》が長い息を吐いて腕時計に視線をやった。

間もなく、閉店時間だ。キャッシュコーナーで待ち合いの列を誘導していた庶務行員が壁際へ歩いていき、専用キーでボックスを開けボタンを押す。キャッシュコーナーと銀行フロアを隔てるシャッターが、鳴りながら下り始めた。

狐による第二の手紙が届いて三日目。今日も何もなかった――。

指宿が目を閉じたそのとき、火災報知器がけたたましく鳴りだした。


がらんとした地下駐車場、その片隅にあるゴミ置き場が、火元だった。一日に二度、朝と夕方に庶務行員が支店のゴミを集めて入れておくスペースだ。発見が早かったのが不幸中の幸いで、消防車が到着する前にありったけの消火液を使い果たして、火はようやく鎮まった。

「何でこんなところから……」

炎で黒焦げになった鉄製のドアを注意深く観察しつつ、門倉はしきりに首を捻《ひね》る。「いつも鍵をかけてたんでしょう。だったら放火のしようがない」

事実、消火活動をしようとしたとき、ドアをバールで壊した。鍵がかかっていたのだ。それは指宿と門倉をはじめ、最初に駆け付けた何人かが目撃している。集められたゴミへの放火は、ゴミ置き場の鍵でも持っていなければできないはずだ。しかもその鍵は、庶務行員が腰にぶら下げている鍵束にあって、誰も手を出すことはできなかった。

運び込んだゴミの中に発火装置でも混じっていた可能性も考えられるのだが、客が利用するゴミ箱は念のため全て撤去してあった。——いや、そのはずだった。

門倉が首を傾げたとき、

「キャッシュコーナーのゴミ箱じゃないでしょうか」

と庶務行員が遠慮がちに言葉を発した。

気の小さな庶務行員はその場にいた全員の視線を受け明らかに萎縮している。

「機械の横に利用明細書を捨てる口がついてますでしょう。あれ、違いますか——」

その言葉をきいた何人かの行員から、あっ、と声が洩《も》れた。

3

「トラブルになっていた取引先はないんですか」

翌日開かれた帝都銀行のリスク管理委員会で副頭取の斎藤一志はいつもの丁重な口調できいた。リスク管理委員会は銀行の様々なリスクを監視する目的でバブル崩壊後に創設された機関である。委員長を務めるのは副頭取の斎藤だ。激しい気性を内面に包み隠した斎藤の声は、穏やかに聞こえる。

「一見客《いちげんきやく》が多い店ですし、トラブルやクレームが無いわけではありません。しかし、脅迫事件を引き起こすようなことには心当たりはありません。きちんと対応してお客様にも理解していただいております」

こたえたのは新橋支店長の神谷喬一だ。

新橋支店は帝都銀行の中でも指折りの預金量と貸出量を誇る大型店舗だった。それを任されているだけあって営業手腕には定評がある。質疑応答も堂に入ったもので、役員昇格間近と噂されるだけのことはあった。

副頭取の斎藤は、手元資料に添付された脅迫状の写しを一瞥《いちべつ》した。

「最近、倒産した取引先は？」

静かな口調だったが、視線は鋭さを増した。

神谷の横に控えていた融資課長の鳴瀬が恐縮した表情で、「三件です」と応じる。

「債権回収は君が？」

「はい」

「相手に恨まれるようなことはありませんでしたか？　たとえば――銀行からすれば言いがかりのようなものだが――貸し渋りが原因だと思われているようなケースは」

「一応、ありません」

「一応とはなんです」

本来の気性の激しさを垣間見せ、斎藤が声を荒らげる。鳴瀬は首を竦《すく》めた。

斎藤は哀れな融資課長をじっと見つめ、その会社は化学ないしは金属関係かときいた。理由がある。

消防署による現場検証の結果、焼け跡の中心から見つかったのはアルカリ金属の一種らしいと推定されていた。燃え残ったゴミからは保存液と思われる物質が見つかっている。おそらくは工業用に製造された化学物質で、空気に触れると激しく燃焼する性質が利用された可能性が高い。

門倉によると、犯人は、保存液を入れたビニールパックにアルカリ金属の欠片《かけら》を入れ、それを利用明細書廃棄用の投入口から入れたのではないかということだった。おそらく、手のひらですっぽり隠してしまえるほどの大きさだったろう。

「パックに針で穴を開けておくんです。そこから次第に保存液が洩れだし、最後に空気に触れたとき、激しく燃焼する。実に簡単だがよく考えられた発火装置ですよ」

だが、新橋支店の防犯ビデオにくまなく目を通しても、それらしい動きを捉えた映像を発見することはできなかった。

鳴瀬課長の下手くそな弁明を聞きながら、狐もまたジレンマに陥っているのではないか、と指宿は考えた。

狐はまだなにも要求していない。

狐の動機が怨恨なら、その恨みが何であるかわかってしまったとき、狐の正体もまた暴かれることになる。

狐はまた動いてくる。今度はさらに内容がエスカレートするはずである。放火は大罪だ。しかし、狐はそれをすでに犯している。

会議の後、倒産会社に関する資料が新橋支店から回されてきた。三件ある。

その内の一件、新橋軽金属という会社に指宿は興味を抱いた。アルカリ金属を扱うのではないかと、考えられるからである。

売上は五十億円。専門商社としてはそれほど大きな規模ではない。倒産の要因は売り上げ不振による資金繰りの行き詰まり。銀行の貸し渋りで潰された、と社長が店頭で喚《わめ》いたという手書きのメモが、悪戯《いたずら》を親に言いつける子供のようでどこか情けなかった。

だが調べてみると、社長とその一族は、犯行当日、債権者集会に出席していたことが判明し、あえなく捜査線上から消えた。

そして、狐からの便りもしばらく途絶えた。

「愉快犯ってこともありますな」

何度目かの打ち合わせで門倉はその可能性を示唆したが、たとえ愉快犯にせよ、帝都銀行を狙う以上、なんらかの関わりがあるはずだと指宿は思った。

4

あほどもえ　わてのめっせーじありがたくうけとりや　狐

指宿が待っていた手紙は火災から一週間後に届いた。七月の第二週のことである。梅雨が明け、都会を焼きつくすような真夏日となった日の朝だった。

指宿は首を傾げた。

〝メッセージ〟とはなんのことだろうか。今まで、狐からきた脅迫状は二通だけだ。これで三通目。今までと同じ汎用《はんよう》の封筒を何度もひっくり返した鏑木は、「そんなもんどこにも入ってませんね」と怪訝な顔になる。

「鏑木、他にあったんじゃないか、狐のメッセージが」

最初の脅迫状、二度目。そして今度。いずれも宛名は頭取で、秘書室で開封された。

「秘書が見落としたかも知れません」

鏑木はいうと秘書室へと向かった。無駄と知りつつ見送った指宿は、狐が何らかのメッセージを残そうとしたことに、狐の心中を垣間見た気がした。

狐には意思がある。

それにしても、なぜ「狐」なのだろう、という疑問が湧いたのはこのときだ。狐という言葉と、今回の事件とに何らかの関連性があるのではないかと指宿は考え、そして、やはりというべきか、思考はあてどない迷路へと彷徨《さまよ》うのだった。

しばらくして、鏑木は空手で帰ってきた。

「見落としなどあるはずはない」と秘書室でけんもほろろに言われたらしい。

「狐の奴、メッセージを新橋支店に送ったなんてことはないでしょうね」

鏑木はデスクの電話で新橋支店の三枝課長に確認した。一時間後、入念に確認しましたが、と前置きして、三枝は何も見つからなかったと伝えてきた。

手がかりのないままさらに数日が過ぎ、手紙がきた。

おもろいものてにいれた　たのしみにしといてや　狐

面白いもの——それは、帝都銀行の顧客名簿だった。数百件分の融資先リストと与信残高が掲載された名簿が、都内の名簿業者に出回っているという噂が指宿の耳に届いたのが翌日。名簿を回収してもみ消そうとしたが全国紙の大毎新聞に抜かれ、記事はその日、夕刊社会面を飾った。

〝帝都銀行の顧客名簿流出　背後に杜撰《ずさん》な情報管理〟

名簿は新橋支店のものだった。まもなく入行二年目の男子行員が名簿を無くしていた事実が判明した。自宅で仕事をしようと紙袋に入れて銀行を出た帰路、紛失したのだという。電車の網棚に上げて目を離した隙に顧客資料は消え失せ、しかも落としたと勘違いした係員が電鉄会社の拾得物係に問い合わせをしていて報告がさらに遅れる二重の過失を招いていた。

なぜ、新橋支店ばかりが狙われる？　新橋支店の取引先、あるいは元取引先に犯人がいるはずだ——。

その確信の下、戸崎部長の指示で、再調査が実施された。神谷支店長以下、新橋支店の行員は全部で四十五人。これに帝都人材サービスという資本系列のパート行員十名を含めた五十五名に対して、一人約一時間、一週間にわたって面談を実施した。面接者は指宿と門倉である。窓口や電話でのクレーム、融資絡みの怨恨、行き違い、顧客との感情のもつれ、あるいは行内の人間関係……様々な角度から、考え得る限りの事実を拾い上げ、ひとつひとつを警察の機動力でつぶしていく。

資金為替部で不可解な損失騒ぎが発生したのは、ちょうど新橋支店での最後の面談を終え、指宿が本部に戻ったときだ。

三時過ぎに新橋支店の行員を名乗る者から資金為替部に外線で電話が入り、三百万ドルの資金調達依頼があったという。帝都銀行では、通常、小口の資金調達はオンライン端末で行うのが常だが、大口の調達は直接ディーラーとやりとりする。男は、「山田」と名乗り、銀行内のルールにのっとって、調達依頼を告げた。顧客コード、顧客名、そして調達期間、利ざやなど、行員がするのと全く同じ要領で注文し、ディーラーが調達を完了した時点で電話を切ったという。

ところが、夕方になってこれが全くの空《から》注文だということがわかったのである。即座に資金為替部で調達の取り消しを行ったが、折しも不安定な景気と政治の影響で外国為替相場が急変しており、あっという間に数百万円の損失が出た。相場の世界だ。むしろ、数百万円で済んで良かったとも言える。

悪戯にしては度が過ぎ、手が込んでいた。

なぜ外部の者にそんな真似ができたのか。最初は誰もが首を捻ったが、理由はやがて判明した。盗まれた名簿が入っていた紙袋に、『資金調達ブック』という行員用のマニュアルも一緒に入っていたのである。

狐の仕業だった。狐はそのマニュアルを読んだのだ。

思いがけない弱点を突かれた。銀行のセキュリティ――一見盤石と見えて実に脆弱《ぜいじゃく》な部分を狐は見透かしているようだった。

だが、最初から顧客名簿を狙ったとは、指宿は思わなかった。

銀行では労働時間短縮を旗印に、一定時刻以上の残業を禁じている。だが、就業時間中に仕事の終わらない多くの銀行員は、仕掛かり中の稟議《りんぎ》やレポート、資料づくりを連日自宅に持ち帰ってこなしているのが実態だった。

銀行員の鞄《かばん》をあければ、社外秘の資料や稟議書の一つや二つは当たり前のように出てくる。銀行員の持ち物を狙えば何か出る、と狐は思ったはずだ。

狐はそれを狙ってきたのだ。

やがて届いた五番目の手紙は人を食っていた。

でぃーらーのにいちゃんえ　いうこときいてくれてありがとさん　狐

「くそっ！　帝都をコケにしやがって。もう一度新橋支店に行ってみましょう、調査役。

やっぱり何かがあるはずです」

鏑木に、指宿は曖昧《あいまい》な返事を返した。門倉との面接調査は徹底的だった。同じことをやって進展があるとは思えなかったからである。むしろ新橋支店の顧客に目を向けさせるのも狐の思惑ではないかという気もする。

いま指宿が気になっているのは、〝メッセージ〟だった。まだ読んでいない狐からのメッセージ。それがある、どこかに。

「だけど、指宿調査役。そのメッセージにしたって手がかりになるようなことが書いてあるとは思えないですよ」

鏑木のいうのもわかる。

一方、新橋支店への放火で始まった狐の一連の行動に、たんなる愉快犯ではないかという見方も次第に強まっていた。

大銀行を手玉にとり、それを世間に晒《さら》して楽しもうというわけだ。その意味では、狐は見事に目的を達していると認めないわけにはいかなかった。銀行という組織が、悪意の知能犯に対していかにもろいものなのか、その現実をさらけ出すには十分だった。がんじがらめのマニュアル、厳格な管理体制——その網をくぐって狐は跋扈《ばっこ》している。財閥系の巨大銀行である帝都が赤子の手を捻るように翻弄《ほんろう》され、愚弄されているのだ。

狐は高くとびあがり、獲物にどちらへ逃げたらいいか迷わせ捕食するという。狐に翻弄される帝都銀行はいま、まさにどちらに逃げて良いかわからない野ネズミと同じだ。

「メッセージは手紙という形じゃないかも知れませんね」

ふと鏑木がつぶやいた。

「手紙で出したのなら確実に届くはずです。ならばわざわざメッセージを出したことをいう必要がないと思うんです。手紙以外の方法をとったからこそ、メッセージを出したことをあえて通知する必要があったんじゃないでしょうか」

手紙以外の方法……。

電話、電子メール、なにかの掲示板……。掲示板？　銀行の支店には顧客に利用してもらうための掲示板が用意されていることがある。掲示されているメッセージは様々だ。家庭教師募集やサークルの勧誘、公序良俗に反しない程度なら内容は問わない。掲載する人もだ。自由な情報発信のために設けられたボードである。

指宿はデスクの電話をひっつかみ、新橋支店にダイヤルした。

「御支店に一般客用の掲示板、ありましたか」

意気込んだ指宿に、「ウチは置いてないんですよ」という期待はずれの返事があった。

「以前はあったんですが、場所柄、ほとんど利用されなかったので撤去してしまったんです」

見えかけた解明の糸口はすぐに消えた。

指宿が偶然にそのメッセージの手がかりを得たのは、それから数日後のことだった。

「調査役、グループ会費の残高確認をお願いします」

同じ総務部に勤務している女子行員の高村佳子に声をかけられ指宿は顔を上げた。手に通帳を持っている。年に一度、総務部企画グループで旅行に行くための積み立て預金口座だ。

「大変な問題を抱えてるときに、高村さんは旅行の世話か」

鏑木にいわれ、佳子はぷっと膨れた。

「口座管理しろといったの、鏑木さんじゃないですか」

「まあ、それはそうだけど……」

苦笑いしつつ差し出された通帳を開いた指宿は、行員の名前が並ぶ通帳の端に確認印を押そうとして手を止めた。

「誰だ、これは」

最後の行にひとりだけ、行員以外の名前があった。いや、正しくは名前ではない。鏑木も覗き込んで、なんだこりゃ、と声を上げる。

——オクレテゴメン
振り込み者の氏名が印字される欄にそう記載されている。同じ女子行員のひとりが遠慮がちに手をあげて、私です、といった。佳子と顔を見合わせて、ぺろりと舌を出す。

指宿の脳裏で、なにかが閃《ひらめ》いた。

「これ、どうやったんだい」

「簡単ですよ。カードを使わず現金で振り込むんです。振込の依頼人名を入力する画面が出てくるんですけど、そこで氏名の代わりにオクレテゴメンと入力するんです」

「申し訳ありません。私もその場に居合わせたんですけど、軽い気持ちで……」急に真剣な顔になった指宿が怒ったと勘違いしたのだろう、佳子が詫びた。

「いや、そうじゃないんだ。大変なヒントをもらったよ」

ぽんと通帳の片隅に確認印を捺し、わけがわからないという顔の佳子に返すと、「なあ、鏑木。あのとき、狐はATMを利用したと思うか」

ときいた。突然の問いかけに鏑木はきょとんとする。

「機械を操作したか、ということですか？　——操作してないと思います。カードを入れたら機械に記録されることぐらいわかるはずですから」

「カードを入れなかったら？」

「カードを入れなかったら……」

鏑木は怪訝な口調で反芻《はんすう》した。「現金振り込みとかですか？　でも、それが何か……」

「確認してみようじゃないか」

鏑木が何か言おうとするより前に、指宿は再び受話器を取りあげていた。

銀行のＡＴＭには、スーパーのレジと同じようなジャーナルが内蔵されていて、取引内容を記録する仕組みになっている。ジャーナルは幅七、八センチほどのロール紙で、係員の手で定期的に交換される。

火事騒ぎがあった日、新橋支店のＡＴＭが排出したジャーナルは全部で六十本近くあった。ジャーナルは同時に大切な取引記録であるため、捨てられることなく各支店の書庫で決まった期間、保存される決まりだ。

新橋支店の書庫に入り、段ボール箱一杯のジャーナルを見つけだして会議室に運んだ指宿と鏑木は、猛然と内容確認にとりかかった。取引内容を一件ずつ虱潰《しらみつぶ》しに見ていくのだ。

どちらか一人が目を通したジャーナルは念の為、もう一人が再度確認するという方法をとった。時間はかかるが二人の目を通せば、見落とす確率は少なくなる。

午前から始め、昼食もそこそこに午後も作業に没頭した。やがて陽が傾き、ブラインドから斜めに縞模様の光が床とテーブルに落ちた。あまり長く同じ姿勢で座っているため腰が痛み、眼精疲労からか頭痛がする。だが止めるわけにはいかない。

鏑木の手が止まった。

ジャーナルのロールを回す手を止め、茫然《ぼうぜん》と取引記録を眺めている。

「見てください、これ」

指宿は鏑木の手の中にあるジャーナルを覗き込んだ。

「現金振り込みです。依頼人の欄――」

ジャーナルの一ヵ所を指し示した。

キツネ

そうあった。これが商売上の屋号ならば個人の名前がどこかに入るはずだ。しかしそんなものはなかった。また会社や組織の名前でもない。まぎれもない狐からのメッセージだ。
四号機。支店にある四十台あるうちの一台だ。記録された取引内容を見て、指宿は愕然《がくぜん》とした。
――現金振り込み。取引時間、一四:〇七。振り込み依頼人、キツネ。相手銀行、三洋銀行大手町支店普通預金　口座番号０６５４１３２。振り込み金額、四円。振り込み先は
――

カミヤキョウイチ。

鏑木と顔を見合わせた。神谷喬一。

「神谷支店長か――」

振り込みの操作はエラーにはなっていない。狐は神谷の実在する口座番号を調べ上げ、そこに現金を振り込んでいた。

「四円か、たった……」

鏑木の声がうわずっていた。

指宿もそれは気づいていた。

四……死。

「鏑木。防犯ビデオだ。狐の姿、拝ませてもらおうじゃないか」


十分後。支店の役席者が揃って防犯用ビデオのモニタを囲んでいた。鏑木がビデオをデッキにセットし、再生ボタンを押すと、小さなモノクロ画面にATMの順番待ちの列が映し出された。キャッシュコーナーの客を狙った防犯カメラは一台、カメラはロビー全体で三台あり、その映像が順繰りに数秒間隔で記録されている。

鏑木はビデオデッキを操作して、先に進めた。時間は画面の左下に出ている。それが十四時になったところで止め、再び通常のスピードで再生をはじめた。問題の取引まであと七分。モニタには順番待ちの人の列が見える。主婦、会社員、学生、ＯＬ、商店主らしき男、雑多な人間達の集まりだ。この列の中に狐はいる。

言葉もなく見つめる行員たちの中で、モニタの画面だけが数秒間隔で場面を転換していく。息詰まるほどの重苦しさだ。

デジタルの時刻表示が、十四時五分を指した。

「どれが四号機だ」

破裂しそうな緊張を破り、〝名指し〟された神谷の太い声がきいた。三枝が一歩足を踏み出し、画面が切り替わるのを待って「これです」と指す。数秒間、そこに立っている人を全員が見つめた。中年らしき着飾った女が映っていた。ちょうど処理を終え、機械を離れるところだ。

「次です」

鏑木の声は喉にひっかかって掠《かす》れている。全員がまばたきも忘れてモニタを凝視していた。

天井の隅に取りつけられた防犯カメラが四号機の前にたつ一人の背中をとらえた。

鏑木がすっと息を吸い込む。みるみる顔が紅潮していき、しまったあ、という声は悲鳴に近い。

人物の背中は操作を終了するまでの二分間に数十秒ほどモニタに映っていた。発火物をゴミ箱に入れる瞬間はちょうどカメラが切り替わる谷間に入って映ってはいない。

一四時七分。

操作を終えた狐はゆっくりとATMの前を離れた。ちらりと頭が動き、嘲笑《あざわら》うかのごとくカメラを見上げる。狐の表情は見えなかった。フルフェイスのヘルメットを被っていたからだ。

あの男だった。

5

神谷支店長はこれ以上ない仏頂面で応接室のソファにかけていた。

部屋には、指宿と鏑木、神谷の他はだれもいない。テーブルの上には、ジャーナルの取引記録が一枚載っている。

神谷が不機嫌なのは、つい今し方の指宿の発言が気に入らなかったからだ。

「狐の犯行動機は、支店ではなくあなたに対する私怨じゃないでしょうか」

どういう意味だ、と声を荒らげた神谷に、言葉通りの意味です、と相手を見据えた。神谷の沈黙は一分近くも続いた。

やがて、指宿が話題を変えた。

「この、三洋銀行大手町支店の普通預金口座というのは、どういう口座ですか」

「どういうとは？」

「生活費口座とか、何かの引き落としのために設けた口座とか、用途をお伺いしているのです」

短い髪を油で撫でつけ、ぎらついた眼差しで神谷は指宿を睨みつけている。

「たぶん、随分前に業務拡張運動のバーターで開設したものだろう」

「バーターで？」

帝都銀行の行員が三洋銀行の口座を開設する代わり、三洋の行員が帝都の口座を開設する——。要するに実績の交換だ。銀行は違っても、業務拡張運動でノルマに追われている実態はどこも似たようなものだ。水心あれば魚心である。

「犯人からの入金はご存知なかったと」

「当たり前だ。知っていたら、すぐに報告する」

「いま通帳を確認できますか」

「こんな通帳などどこかにしまい込んでなくしてしまった」

作成時期をきいた指宿に、神谷は平成三年頃と応えた。十年近く経過していることになる。

疑問がひとつあった。

「なぜ、狐はそんな口座の番号を知っていたんでしょうか」

「わからんよ、そんなことは。こっちがききたいぐらいだ」

神谷は突《つ》っ慳貪《けんどん》にいい、苛立たしげに来客用のシガレット・ケースからタバコをとって卓上ライターを使った。

「当時、どちらの支店にいらっしゃったんですか」

「笹塚支店。そこの副支店長だった」

言葉は煙と一緒に吐き出された。

「なにかトラブルは？」

吸い殻を灰皿の底に押しつける神谷の指先が白くなる。

「あのな、指宿調査役、一体何年前の話をしてるんだね。なんで当時の恨みで今頃こんな目に遭わなきゃならんのだ。常識的に考えてそんなことがあると思うか？」

結局、神谷からは有力な手がかりを得ることなく本部に戻った指宿は、戸崎部長に事の次第を報告した。

戸崎は渋い顔をしていた。

「いま、役員に呼び出されて注文をつけられたところだ」

ヘルメットの男を見逃したのは指宿のミスだと神谷支店長からのクレームがあったという。

「根回しは得意だからな、神谷さんは」

後手に回った対応に厳しい顔になる。

「犯人の目的は神谷支店長です。恨みに心当たりがないという証言には納得がいきません」

「わかっている。だが、正しいことでも、あるレベルを超えたら政治力でねじ曲がる」

帝都銀行には有名支店長と言われている人物が何人かいる。神谷はその一人だった。係員時代は業績のトップをひた走るスター・プレーヤーで、支店経営に関わってからも、着任する支店全てで文句無しの実績を上げて大店の支店長にまでのし上がった男だ。新橋支店長と言えば、役員コースである。神谷は帝都銀行では誰もが認めるエリートだった。

辞去しようとした指宿に、戸崎のつぶやきがきこえた。

「それが組織を腐らせるんだ」

6

メッセージ。

あの振込依頼を狐はそう称した。神谷喬一への恨みを明言したのである。だが、当の神谷はその恨みに心当たりはないという。

釈然としない思いは、当時笹塚支店に在籍した何人かの行員にヒアリングしても消えることはなかった。

全員に共通している神谷の印象はひと言、「厳しい」だった。

ノルマ必達。百パーセントではなく、百二十パーセントを目指せ、と神谷は常に檄《げき》を飛ばし、行員を叱りつけ、自ら先頭にたって業務拡張運動を指揮したという。おそらくそれは新橋支店長となったいまも変わらないはずだ。そのくせ、行員たちの口から神谷に対する辛辣《しんらつ》な評価が出てこないのは、神谷がいまもなお現場の一線で活躍しており、行内に強い権力を誇示しているからに他ならない。

「神谷さんは、帝都でははじめて、副支店長ひと場所で支店長に昇格した人なんです」

そう言ったのは、当時融資の課長を務めていた柚木圭一《ゆぎ》という男だった。いま、品川区内にある店舗で副支店長をしている柚木は、当時のことを思い出してそう語った。

「帝都銀行では、通常副支店長二ヵ店、場合によっては三ヵ店やって支店長に上り詰めるケースが普通でしょ。たしか、最年少支店長の記録を更新したはずですよ。そうなるだけあって笹塚でのはりきりぶりは大変なものでしたけどね。おかげで我々も帰宅は毎日終電でしたよ」

柚木は当時のことを振り返って苦笑いした。

ならば、一足飛びに支店長になるほどの業績とはどんなものだったのか。

本部に戻った指宿は支店の業績管理をしている業務部を訪ね、平成三年当時の笹塚支店の資料を借り出してきた。

「自分もどんな成績を収めたんだろうと思って、興味あったんですよ」

同じように複数の口から神谷礼賛の言葉をきいたという鏑木も一緒になって資料を覗き込む。

そして、ある事実がわかった。

「なんだ、この計数は」

指宿が指し示したのは支店の普通預金の残高推移だ。

突如、数十億単位で増え、一週間から二週間という期間、その残高が維持されている。その後、一旦は減るもののまたしばらくすると同じように増え、何週間か留め置かれるという繰り返しだ。

高金利時代だった当時、低金利の普通預金でここまで残高を伸ばせば相当収益に寄与しただろうことは容易に想像がつく。

不可解な動きだった。

「誰か、大金持ちの取引先を抱えていたんじゃないですかね。それで神谷さんが頼み込んで普通預金を――」

しかし、いくらなんでも数十億円単位ともなるとその可能性は低かった。大口定期預金は、各行が金利競争で鎬《しのぎ》を削っていた時代である。コンマ一パーセントでも高い金利をつけた方へ預金を持っていく金利選好が常識だった。そんな時代に低金利の普通預金で数十億円を無駄に寝かせておくはずはない。

指宿は、その資料を柚木にファックスで送り、計数の謎を問い合わせた。回答はすぐにきた。

「これは生命保険会社からのキックバックだったと思います」

「生保からの？」

保険会社に対して営業協力を行い、その見返りにタダ同然の預金を置いてもらう。こうした「お返し」をキックバックというのだが……。

「キックバックをもらう理由はなんです。なにか生保の業績に寄与することでもしないかぎりそんなことは——」

するとは柚木は少し言いにくそうにして、思いがけないことを口にした。

「実をいうとこれは、変額保険を紹介した見返りなんです」

7

「変額保険？　なんですか、それは」

指宿からの電話で駆けつけてきた門倉は汗を拭きながら怪訝な声できいた。

「バブル時代、相続税対策として一括払いの生命保険をお客さんに紹介して、それに加入するための金を銀行で融資していたんです」

鏑木の説明に門倉は首を傾げた。

「なんでそれが相続税対策になるんです？」

「保険金は生命保険会社が運用し、解約時に支払われる返戻金で税金が賄《まかな》える、という仕組みだったんです。ところがバブルが崩壊して、当てが外れてしまった。運用不振で相続税対策どころか、生保に加入するために融資した金の利息すら払えないケースが出てきたんです」

その結果、顧客から銀行を相手に訴訟が起こされた。いわゆる変額保険訴訟だ。

法務部に問い合わせたところ、帝都銀行が抱える変額保険訴訟は八十件に上る。そのうちの十件が笹塚支店の取引先で、大半が神谷がいた頃のものだと知れた。

変額保険訴訟に関する争点はいくつかある。

銀行員がこの仕組みのリスクを説明せず、「絶対大丈夫だから」と運用結果を保証する発言をしたとするケース、あるいは銀行員でありながら保険のセールスをしたのではないかという業法違反を問うケースなどだ。

変額保険訴訟では、帝都銀行内にも、非も認めず謝罪もしないのが当然の態度と思われているフシがあった。一つの裁判で認めたら総倒れになるという危機感もある。裁判では、弁護士との事前の打ち合わせで、発言の一字一句まで詰め、たとえ違法なセールスをしていたとしても、それを認めるような発言はしない。

銀行は裁判官に絶対の信認がある、というのが帝都内の「常識」だ。大銀行の驕《おご》りとしかいいようのない傲慢《ごうまん》な思いこみだが、実際に訴訟で銀行が敗訴するケースは稀《まれ》だ。大銀行と、破産寸前――或いはすでに破産した原告。どっちの言い分を裁判官が信じるのか、火を見るより明らかなのだ。有名法律事務所をバックにした理論武装にも抜かりはない。

いま門倉の唇に皮肉な笑みが浮かんだのは、こうした銀行の思い上がりを感じたからだろう。

ドアがノックされ、法務部担当調査役の中野が入室してきた。段ボール箱を二つ載せた台車を押している。

「笹塚支店の変額保険訴訟ファイル、これで全部です」

ファイルは中野の手で箱から出され、テーブルの上に積み上げられた。「こんなに、ですか」門倉が驚いた声でいうのも無理はない。どれもが電話帳数冊分ほどの厚みがある。証言や法廷記録、融資関係の資料がひとまとめになっていた。それでもさらに詳細な資料はまた別にあるという。

「関係者を知るだけなら、これだけあれば十分でしょう」

中野の言葉にうなずき、指宿は手近な資料から手に取った。

訴訟の概略を調べ、裁判の原告となった相手をピックアップしていく。会社社長、地主、商店主……。

恨み骨髄――まさにその表現がぴったりくる顧客と銀行の関係が浮き彫りになる。企業モラル、信義則、社会的信用、そんな表現が陳腐になるほど醜悪な実態……。

いくつかのファイルに目を通し、さらに別な一冊に指宿が手を伸ばしかけたとき、

「あ、それは結審した事件ですよ」と中野がいった。

「当行が勝って、相手も上訴しなかったので」

たとえ結審していても、実態面は泣き寝入りもある。そう思い資料を開くと、時田紀一郎という原告の名前が出てきた。

「時田……？」

あるシーンが記憶の底から浮かび上がってきた。

指宿は、変額保険訴訟裁判を傍聴するため東京地裁の小法廷へ何度か出かけたことがある。あれは一年ほど前だったろうか。その日証言台に立ったのは、原告側の証人だった。銀行側の弁護士が浴びせる質問は意地悪く、揚げ足取りとしかいいようがないものだった。帝都銀行敗訴になる初のケースになるかも知れない。たしかそんなことを囁かれてい

た裁判だったはずだ。

銀行担当者が変額保険の運用を保証する発言をしたという証人に、弁護士はいった。

「それは何月何日のことですか。発言は一字一句間違いないと言い切れるんですか。——それは素晴らしい記憶力だ。ならば他にどんな話をしたか正確にここで一字一句正確に話して下さい。話せない？　だったらあなたが言ってることがどうして正しいと言えるんです？」

証人は帝都銀行の元行員で、時田の元融資担当者だった。

しかし、結果は原告側の惨敗。慣れない法廷、足下を掬《すく》うような質問に言葉に詰まった証人を見切った銀行側弁護士は、余裕綽々《しゃくしゃく》で閉廷間際にこう言った。

「裁判長、もうやめませんか、こんなの」

馬鹿にしきった言葉ととれた。それは帝都銀行の一員である指宿にとっても、後味のいいものではなかった。そのとき、

「ふざけるなっ！」

小さな法廷内に罵《ば》声《せい》が響き渡って、全員の視線が傍聴席に集中した。声を発したのは痩《や》せた六十過ぎの男だった。歯ぎしりし、顔を真っ赤にした男は、銀行側代理人である古参の弁護士を睨みつけている。

あまりの剣幕で裁判長も「静粛に」の一言が一テンポ遅れた。

「退廷させるべきではありませんか、裁判長」

弁護士は涼しい顔で言うと、若手裁判官をたしなめるように眉を顰《ひそ》めてみせる。

あまりにも印象的な光景だった。

あのときの証人はどうしたか。

ふとそんな思いが指宿に湧き、我に返った。

門倉がじっとこちらを見ている。

「なにか心当たりでもありましたか」

「いえ、自分が傍聴したことのある裁判だったものですから」

指宿は、見ていた資料ファイルを門倉に向け、そのときの様子を話した。

あのとき——、傍聴席で怒鳴った男が原告の時田紀一郎であることは間違いない。だが、時田を狐と考えることは不可能だ。

時田の年齢だ。

狐はまだ若い。フルフェイスのヘルメットをかぶっていたあの姿は、どう歳をとっていると見積もっても三十代後半までだ。それは最も間近で見た鏑木も認めている。

訴訟ファイルを覗き込んだ門倉がいった。

「時田さんには、息子さんがいますね」

「息子？」

「息子も裁判で証言していますよ。ほら」

鏑木と顔を見合わせた。息子の名前は時田恒夫、一年前の証言当時、恒夫は三十三歳だった。

「時田恒夫は、硝子《ガラス》関係メーカーの下請け会社を経営しています。硝子の製造工程では化学物質を利用するはずですから、可能性はあると思いますよ」

鏑木が真剣な眼差しを向けてくる。

「こちらで当たってみますかね」

門倉は開いていたノートに、時田恒夫の名前と住所を書き込んだ。

時田恒夫の行方がわからないと門倉から報告があったのは翌日のことだった。

時田は売上十億円ほどの町企業を経営していたが、その会社も変額保険での失敗の後、倒産。自宅はそのままだが、現状は競売《けいばい》を待つばかりで人は住んでいないという。

「時田紀一郎氏にきいても、居場所はわかりませんか」

それが無理なんですよ、と門倉はいった。公衆電話でかけているのか、背景に交通騒音がかぶり、声は切れ切れの音となって指宿に届いた。

「紀一郎氏はこの六月に亡くなったんです」

「亡くなった……」

門倉の言葉に指宿は言葉をなくした。

「夫人はもっと前に亡くなっていて、親戚はいますが、恒夫はひとりなんです。その親戚も倒産してからは寄りつかなくなったらしくて、結局、誰も恒夫の行方を知らない状況のようですな」

その夜、全員帰宅した後の総務部にひとり残り、指宿はもう一度裁判資料に目を通していた。脇には、笹塚支店からファクシミリで取り寄せた時田恒夫の「自己紹介シート」が置いてある。帝都銀行が主催している二代目経営者のためのセミナーに参加したときのものだ。坊ちゃん学校で知られる関東S大学出身。趣味、スキーとバイク。家族はなし。備考欄に「花嫁候補紹介?」と書かれていた。書いたのは、笹塚支店の誰かだろう。銀行経由で縁談を持ち込むことは取引先との親密化工作でたまに行われることだった。が、恒夫に縁談がもちこまれた形跡はない。

シートの右上に貼られた写真を指宿は眺めた。

二十代のときの写真だ。第一印象は若いということだった。スナップ写真から転用と思われるそれには、苦労知らずに育った男のどこか浮ついた表情が写っていた。お追従《ついしょう》で笑ったただけの唇には皮肉と底意地の悪さが滲んでいる。

笹塚で指折りの地主だったという時田家の資産は、倒産の後、多額の負債の担保として全て債権者に押さえられていた。天国と地獄、王子と乞食の両極端を、ここ何年かで時田は経験したはずだ。それをこの温室育ちの男はどう受け止めたか。

時田恒夫の行方を知る方法はないだろうか。裁判資料をめくりながら繰り返し考える指宿の脳裏に、ふとあのときの証人が浮かんだ。あの男なら、知っているのではないか？

指宿は資料をめくり、証人の名前を探した。

8

証人の名前は、加瀬直紀といった。

元帝都銀行の行員で、現在は、目黒区内に住んでいるということになっていた。ことになっていた、というのは、退職時銀行に届けられた書類の「今後の進路」欄にそう書かれているからだった。そこに誇らしげに書かれた会社名は「有限会社サイバーブレーン」という。詳細は不明だがインターネット関連の会社のようだった。

加瀬の自宅は、駒場東大前駅からほど近い古い賃貸マンションの三階だった。

インターホンを押すと、加瀬本人が出た。妻と小さな子供がいるはずだったが、外出しているのか家の中は静まりかえっている。

指宿が名乗ると、シャツにジーンズというラフな格好をした加瀬直紀は、どうぞ、と中へ招じ入れた。

「忙しいところ突然お邪魔して申し訳ありません」

指宿は詫びた。あえてアポを入れなかったのは、相手に警戒させないためだが、加瀬の落ち着き払った態度を見る限り、それは杞憂《きゆう》だったと悟った。

「時田さんの件で少し伺いたいことがあってきたんですが。少し時間を頂いてよろしいですか」

先程、階段を上がるとき郵便受けに会社名が入っていた。ここは自宅兼事務所なのだろう。

大人しい印象の加瀬は、銀行を辞めて一人で会社を興《おこ》すタイプには見えなかったが、退職してすでに三年、こうしてやっているところを見ると、見かけによらぬ商才があるのかも知れなかった。

指宿が通されたのは玄関脇の洋間だ。仕事場なのだろう、スチールのラックにコンピュータが数台置かれ、複雑な配線が床を這《は》っていた。六畳ほどの部屋だが、いろいろな物が置かれている割によく片づいていて加瀬の几帳面な性格を表している。「どうせ流行りのインターネット熱にうかされて根拠もなく独立したんじゃないの」。人事担当者の冷ややかな言葉が指宿の頭に残っていた。

加瀬は、麦茶を二つ淹《い》れて運んできた。指宿は出窓のある壁際に置かれた木の椅子にかけ、渡されたガラス器を右側のラックに置く。

「どうですか、ご商売のほうは」

壁のコルクボードに整然と貼られたポストイットを見ながら指宿はきいた。

この景気ですから――。いっぱしの経営者らしい言葉が返ってくる。どんなことをされているんですか、とコンピュータのモニタを覗き込んだ指宿に、インターネットを使って企業財務を診断する仕組みを作っているのだと加瀬は答えた。律儀――。そう、加瀬の印象はまさにそれだった。固くてどこか一本気なところもある。

さして儲かっているとは思えないが、指宿は少し加瀬を見直した。銀行が導入した早期退職制度を利用して辞めていった五十前後の者たちの多くが食うに困っている中で加瀬はちゃんと食い扶持《ぶち》を確保している。それはそれで大したものだ。

「帝都を出られてもう三年ですか。少し心配していたのですが、ほっとしました」

空々しく聞こえたか、「そうですか？」と加瀬は笑った。指宿も内心、苦笑する。加瀬は銀行のことをよく知っている。加瀬を小馬鹿にしていた人事部の態度を見抜いているかのようだ。

「ところで、時田さんのこととおっしゃいましたが、どんな？」

裁判絡み――そのくらいのことは予想しているだろうが、加瀬の口調はさっぱりしたものだった。指宿は率直にきいた。

「時田恒夫さんと、最近お会いになったことはありませんか」

「当初、食えないときにはよく面倒を見ていただいたんですが、最近はあまり……。そのこともあって裁判では証人になったんです——ご存知ですね？」

悪びれることなく、加瀬はきいた。知ってます、と指宿は応えたが、あの時、あの法廷を自分も傍聴していたということは黙っていた。なんとなく加瀬に申し訳ない気がしたからである。時田紀一郎の葬儀に参列したことなどを加瀬は話した。

「恒夫さんと連絡がつかなくなっているようですが、行き先、ご存知ではありませんか」

「あの人に何かご用ですか」

慎重なところを見せ、加瀬はきいた。素直で引くところは引く。だが、容易に懐柔《かいじゅう》できる軽い相手ではなかった。

「ええ。おうかがいしたいことがありまして」

指宿はいい、お心当たりは、と重ねてきいた。

「知らないとはいいません。ですが、申し上げるわけにはいきません」

加瀬は、静かだが芯のある口調でいった。

「いろいろ、債権者たちとの関係がありますし、私がお話することで迷惑をかけるかもしれない。それはできませんよ。時田さんにはとてもお世話になりましたから」

「銀行よりも時田さんに恩義があると」

指宿がいうと、加瀬は「銀行は何をしてくれましたか」と逆にきいた。

言葉に詰まった。

「私は銀行には何一つ借りはありません。でも時田さんには助けてもらいました。できることならば何でもしてあげようという気持ちはいまでもありますよ」

指宿は質問を変えた。

「こんなことを伺うのは変かも知れませんが、恒夫さんはやはり銀行のことを恨んでいたと思われますか」

加瀬の目に複雑な感情が浮かんだ。憤りと憐れみ、やりきれなさが絡み合う。やがて、さあどうですかね、という言葉が返ってきた。

「裁判は時田さんの敗訴でした。それはご存知ですか」

「知ってます」

「そのことについて、恒夫さんは何か言ってらっしゃいましたか」

敗訴は二ヵ月前。それ以降、加瀬は時田と会っているはずだ。カマをかけた指宿だったが、済んだことですから、と加瀬ははぐらかした。

「加瀬さんは時田さんの担当者だった。変額保険を売った側なのに、なぜ時田さんは加瀬さんと親密にされていたんでしょうか」

「それは——私だけが謝罪したからですよ」

加瀬の言葉は指宿の意表を突いた。

聞き返した指宿に、加瀬は淋しげな笑みを浮かべてうなずいた。

「変額保険など紹介してしまって申し訳ありませんでした。助けられなくてすみません。そう謝りに行ったんです。時田社長は許してくれましたよ。あんたの責任じゃないと言ってくれたんです」

実際、裁判資料によると、時田を頻繁に訪問して変額保険に加入するよう勧めたのは宮前毅《つよし》という当時の課長代理ということになっていた。宮前は神谷の指示で変額保険の加入を勧めるセールスを推進しており、加瀬に帯同訪問しては時田に勧めたとされている。そのとき、運用を保証した言葉を宮前が言ったか言わなかったかが争点となったのだった。

「あなた自身はどうですか」

ふと気になって指宿はきいた。「そのときの帝都銀行のやり方を見て、どう思われました」

加瀬は黙り、答えるまでの間、静かに茶を飲んだ。その頑なな横顔を見るうち、指宿には感じるものがあった。少なくとも、加瀬は帝都銀行に対して良い印象を持ってはいない。

「私が時田さんなら、やはり帝都を恨みますね」

加瀬は淋しげな笑みを浮かべた。

「だけどそんなこと、私がいってどうなりますか、指宿さん。帝都銀行は、なんの責任も無かったと主張し、裁判所の判断もそれを支持したわけでしょう」

「だけど仰《おつしや》りたいことはあると？」

一瞬、黙った加瀬の目には強い意思が浮かんでいた。

「ええ、それはもちろん」

指宿はあらためて部屋を見回し、鞄からビデオテープを出した。新橋支店の防犯カメラに残っていたテープを一般用にダビングしたものだ。

居間に場所を移し、デッキにテープを入れた。テレビに映し出されたのはATMで順番待ちをしている人たちの映像だ。画像を静止させ、指宿はヘルメット姿の〝狐〟を指した。

「この男――、気をつけてご覧になってください」

加瀬はじっと見つめ、小さくうなずいた。新橋支店の火災、脅迫事件のことは新聞でも大きく報道された。ビデオを見た瞬間、加瀬は指宿の目的を知ったはずだが、表情には出さなかった。

再生。

画像が動きはじめる。

録画時間は全部で五分だ。ヘルメットの男が映っている時間は全部合わせても三十秒もない。

「このヘルメットの男、心当たりはありませんか」

テープを巻き戻しながら指宿はきく。動揺の欠片《かけら》もない、ただ無表情に録画を眺めた加瀬が、いいえ、と返した。

「時田恒夫さんと似ているとは思いませんか」

指宿は加瀬の微妙な表情の変化も見逃さないよう注意している。だが、加瀬の落ち着き払った態度は微塵《みじん》も綻《ほころ》びることはなかった。

「さあ。この画像からではわかりかねます」

予想通りの答えに、指宿はイジェクト・ボタンを押した。

「時田恒夫さんとは、銀行時代どういうお付き合いだったんですか」

テープを鞄にしまいながらきいた。

「あの人は時田硝子の専務でした。上場メーカーで三年間修業した後、専務で入社したんです。融資の交渉にもいらっしゃって、よく話はさせていただきました」

「歳はお二人とも近いですよね」

「同じ歳です」

「それで親しかったと」

当然、肯定的な反応を予想した。ところが、意外にも加瀬は、「あの専務と親しいとは……」と言葉を濁《にご》したのだった。指宿ははっと目を上げた。微かな嫌悪が混じっているように聞こえたからだ。

加瀬を見つめた指宿は、時田に恩義を感じているという加瀬の話は単なる方便ではないかと疑った。連絡先を秘匿《ひとく》するのは時田への恩義ではなく、むしろ帝都銀行に対しての悪感情ゆえではないのか。

加瀬は帝都銀行を退職する道を選んだ。安定した職場で、家族があるのに辞めていくからにはそれなりの理由があるはずだ。

「変額保険のことを、もう少しお伺いしてもいいでしょうか」

加瀬は、困ったような顔で苦笑いを浮かべる。

「もう、済んだことじゃないんですか。そんなこと今さら嗅ぎ回ってどうするんです。私にとっては、帝都銀行に勤めていたことも裁判のこともう過去の出来事なんです」

「関係ない、と」

問うと、加瀬は何かを口にしかけてやめた。思いをうまく伝えられない、とでもいうようにもどかしげな表情になる。ようやく口にしたのは、「私は銀行に勤めていたんでしょうかね」という思いがけない言葉だった。

「辞めようと思ったとき、愕然《がくぜん》としたんです。銀行に十年近く勤めていて、給料以外何も得たものがなかったじゃないかって。社宅を出て、スーツを着なくなったら、私がかつて帝都銀行に勤めていた証《あかし》など何もない。帝都の元行員だったという経歴を証明するものすらないんです。辞めた瞬間過去になる——。それが銀行というところですよ。私だって自分なりに頑張ってきたつもりです。それなのに一体自分の十年間は何だったのかと悩みましたよ。せめて自分がそこで生きてきたという証が欲しい。そう思いました」

加瀬が口にしているのは、退職者に共通する複雑な胸の内ともとれた。だが、それだけだろうか。

「変額保険訴訟で証人になったのは、その証のひとつだったということですか」

加瀬は考えに沈み応えなかった。

「裁判に勝てばそれでいいと思っているわけではありません」

加瀬は顔を上げた。指宿は続ける。

「私が当時のことをおききするのは、真実を知るためです」

すると、

「なぜ」

と加瀬は問うた。なぜ？　真剣な眼差しが自分を見つめている。

「特命——」

指宿はいった。「それが理由です」

総務部特命担当——指宿の名刺を加瀬は凝視した。

「今さら裁けるんですか」

「誰をです？」

加瀬は口を噤《つぐ》んだ。

裁く――指宿にとって、その言葉は決して口にすべきものではなく、ただ心に秘めるものだ。

だが加瀬にとっては……。

対峙している男の瞳に浮かぶ生々しい光に、指宿は確信を抱いた。加瀬はなにか腹にためている。苦々しい過去か、銀行への憎しみか。何者かへの恨みか、悲しみか――。そこに時田恒夫について口を噤む理由があるはずだ。

9

渋谷に戻ってから地下鉄に乗り換えた。

久遠《くおん》法律事務所は青山通りから一本入った小綺麗《こぎれい》な雑居ビルに入っていた。

時田硝子の倒産は、三年前。久遠は破産前から時田の顧問を務めていた弁護士だった。

五十代の金回りの良さそうな男で、飄々《ひょうひょう》とした風貌の中で眼光だけがやけに鋭い。

「時田さんとお会いしたいのですが、ご連絡先を教えていただくわけにいきませんか」

胡散《うさん》臭そうに久遠は指宿の顔と帝都銀行の名刺とを交互に見比べた。

「いまさら何の御用でしょうか。裁判はお宅の思い通りに終わったじゃないですか。まだ時田さんをいじめようというんですか」

弁護士は法律家らしい毅然《きぜん》とした態度を示した。

「新聞はご覧になっていませんか」

「新聞？」

久遠の眉がゆっくりと動いた。

「新橋支店で火災がありました。当行を脅迫している者がいます」

指宿は老練な弁護士の眼底を覗き込んだ。

「変額保険の被害者にするだけではなく、今度は刑事事件の容疑者扱いですか」

久遠は気色ばんだが、行方がわからなければ逃げていると思われる、という指宿の言葉でふっと冷静に戻った。指宿の視線を受け止めたままじっと考えを巡らす久遠には、長年法曹界で生き抜いてきたしたたかさがある。

「そうですか。実は、時田さんとは私も連絡がつかなくなってるんですよ。ただ、たまに電話がかかってくることがあるから、そのときにはいらっしゃった旨、伝えておきましょう。会えるかどうかは時田さん次第です。協力できるのはその程度だ」

10

時田に変額保険をセールスした宮前毅は、本部審査部へ転勤になっていた。

帝都銀行にいくつかある与信部門でも、審査部は上場企業相手の審査を手掛ける重要セクションだ。企業系列によって、一部から四部まで分かれた部の中でも、とくに宮前が所属する審査四部は同じ帝都資本グループ企業を扱う、花形セクションだった。宮前は帝都銀行内でも指折りの出世コースを歩んでいたのだ。

行内電話帳で内線番号を調べて宮前に電話すると、「四部」とだけぶっきら棒な声が出た。

「総務部の指宿といいます」

脅迫事件に〝特命〟が関わっていることは本部内ではすでに知れ渡っている。

「おかしいな。定期券の継続はまだ先のはずだけど」

宮前の挑発を指宿はやりすごした。

「時田さんの件で伺いたいので、少しお時間いただけませんか」

「時田？　笹塚の……？　いまかよ？」

粗野でせっかちな口調で宮前はきいた。

「時間の空いたときで結構です」

約束は七時過ぎになった。

その時間に、宮前は五分遅れてきた。

同じフロアにある小会議室に誘うと椅子に浅くかけ、両手を組んで指宿を正視する。慢性的な寝不足で顔が青白いが、激務の四部エリートらしい自信にあふれていた。銀行側弁護士に突っ込まれて言葉に詰まった加瀬と堂々と自らの正当性を主張した宮前——二人の証言を天秤《てんびん》にかけた裁判官が下した判断には無理からぬものを感じた。

「時田さんと、最近お会いになったことは」

「ないな」

宮前はいい、シャツの胸ポケットからタバコを出して点けた。「亡くなったんだってね、あの社長」

テーブルの端にあった灰皿を引き寄せる。

「それは誰から?」

宮前は椅子にもたれた。思い出すように、上目遣いになる。

「笹塚支店時代に親しかった社長から」

「息子の恒夫さんと、宮前さんは顔見知りですか」

「専務だったっけ。何度か会ったことはあるから、顔見知りといえばそうとも言える」

「これを見てもらえますか」

指宿は部屋のビデオにテープをセットし、防犯カメラが撮った画像を宮前に見せた。

「この、ヘルメットをかぶった男です。時田恒夫さんと似てませんか」

指先のタバコを燃やしたまま、宮前はその映像を凝視した。指宿が停止ボタンを押すまで見続け、さあねえ、と首を傾げた。

「もう何年も、会ってないから」

「裁判ではお会いになったでしょう」

「いや。会ったのは社長だけ」

宮前は、人差し指をネクタイの結び目に入れて緩《ゆる》めた。「それも法廷を出た途端、胸ぐらを摑《つか》んできやがった。挙げ句、人を嘘つきよばわりでね」

ひどくプライドを傷つけられたらしく、宮前の言葉には怒りがこもっていた。

「本当のところ、どうだったんです」

ビデオテープを取り出しながら指宿はそれとなくきいた。

「どうって?」

「あなたの証言ですよ」

宮前は小さな笑いを吐き出し、肩を揺すった。だが、目には明らかに警戒の色が滲んでいた。

「要するに、俺が変額保険がらみの融資をセールスしたとき、不正な説明をしたかときいてるわけ？　あるいは銀行法に違反して保険をセールスしたのではないかと。まさか――！　リスクについてはちゃんと社長に説明したし、保険のセールスそのものはきちんと保険会社の外交員を通して行ったんだ。裁判記録を読めばわかるじゃないか、そんなの」

「読んだ上でうかがってるんです。証言は正しいんですか」

宮前は嘲笑《あざわら》うような顔をまっすぐに指宿に向けた。

「当たり前じゃない。法廷では宣誓するんだからさ」

「加瀬さんの証言は正反対でしたね」

宮前は皮肉な笑みを浮かべ、加瀬か、と吐き捨てた。

「あいつは本件の戦犯だぜ、指宿さん。確かにセールスしたのは俺だ。だけど、そもそも奴が時田に変額保険を紹介しようと考え、バブル最盛期の資産価値で後先も考えずとてつもない金額の融資を実行したんだから。融資部に行ってみろよ。時田硝子への与信がいかに焦げ付いたかって詳しいメモが残っているから。それを見てくれればいい」

「ところが、時田社長は加瀬さんには恨みを抱いていない。時田社長が怒りを向けたのは、あなたと神谷支店長だった。これはどういうことだと思いますか？」

宮前はまともに答えず、「特命ねえ。なるほどこりゃ、困ったもんだ」といった。

「そういえばこの前神谷さんに会ったら、ずいぶん指宿さんのこと、ご立腹だったな」

宮前たち一部のエリートたちは、派閥で動いている。派閥が違えば、同じ銀行内でも敵と味方だ。そして指宿はどんな派閥にも属してはいない。

「相手を見てものをいったほうがいいと思うけどね」

「そうしてるつもりですが」

宮前の目の中で敵愾心《てきがいしん》の炎が揺れた。


その夜かかってきた門倉からの電話は、事態をさらに決定づけるものになった。

「狐が新橋支店に乗りつけたと思われるバイクのナンバーが割れましたので、一応、ご報告しときますよ。実は、あの日、新橋支店前の交差点で信号待ちしている車の脇をすり抜けようとしてバイクで人身事故を起こしていたんです。そのまま逃げたんで目撃者を探していたんですが、今日になって出てきまして。交通課で調べたところ、バイクの所有者は時田恒夫でした」

偶然の一致にしてはできすぎだ。

「もう少し容疑を固めてから指名手配に踏み切ることになると思います」

事態は思わぬところから意外な進展を見せた。

そして、狐もまた動いたことを、指宿は翌朝の新聞で知った。

食卓で開いた紙面。記事はその片隅にあった。

〝帝国生保社員、襲われる〟

帝国生保……？

変額保険は言うまでもなく保険会社の商品であって、変額保険のセールスでは保険会社の外交員を帯同して取引先を訪問することになっている。帝都銀行が紹介する保険は全て同じ資本系列の帝国生保のものと決まっていた。

時田に売った変額保険には、保険会社の社員も関係しているはずだ。

視線が記事に吸い寄せられた。


二十八日夜八時頃、帰宅途中の帝国生命保険会社城南支社長吾川宏さんが、自宅近くで、刃物を持った男に襲われた。騒ぎを聞きつけて飛び出してきた付近の住人の姿を見て男は逃げたが、吾川さんは腹と脚を切られ重体。警察では襲われた吾川さんの容体回復を待って、仕事上のトラブルがなかったか、事情を聞くことにしている。目撃した住人の話では、男は身長百八十センチぐらい、黒っぽい上下の服を着て、フルフェイスのヘルメットを被っていたという。

出社し、裁判資料をめくった指宿の中で、疑惑が確信に変わった。被害者の吾川《あがわ》は、当時笹塚支店を担当していた帝国生保の社員だったからだ。

「やはり、そうか……」

「調査役――」

そのとき佳子に呼ばれ、指宿は新聞から顔を上げた。「警視庁の門倉さんからお電話です」

「新聞、ご覧になりましたか」

開口一番門倉はいった。いま裁判記録で吾川のことを確認したことを告げる。門倉はすでに知っていた。

「それと昨日、加瀬直紀さんを訪ねてきましたよ」

さすがに本職だけあって、門倉は行動が早かった。「指宿さんもお尋ねになったという時田の住所、聞き出しました」

「聞き出した……？」

ところが門倉はすぐに、不発です、とつけ足す。

「時田が所有していたという初台駅に近いマンションを教えてくれたんですが、そこはすでに売却されていまして。期待したんですが、残念ながらハズレです」

そんなはずはない。加瀬はここ数ヵ月の間に時田と会っている。確実な情報を持っているはずだ。

初台のマンション、それは警察が来たときのために予《あらかじ》め用意しておいた方便なのではないか、と指宿は思った。

加瀬は時田を匿《かくま》っている。銀行に恨みを抱き、次第に凶悪な犯罪者となっていく狐を、加瀬は守ろうとしている。

なぜ、そこまでして……。

門倉は続けた。

「それと念のために加瀬さんのことも調べたんですが、こちらはシロでした。新橋支店の事件があった日には、出張で新潟に行っていらっしゃいましてね」

門倉がそういうからには裏もとったはずだ。

「調査役——。お電話中、すみません」

再び、佳子に声をかけられた。少し困ったような顔をして立っている。手に、銀行の本支店間でやりとりしている茶封筒を持っていた。

「こんなものが」

行内メールだった。

差し出した指先が微《かす》かに震えている。電話を切ろうとした門倉を指宿は呼び止めた。

11

めいしがわりのいっぱつおもいしったか　これからほんばんや　かくごしとき　狐

「なんで、行内メールを利用できるんだ」

鏑木のつぶやいた一言が全員の疑問と不安とを代弁していた。狐はこの帝都銀行内にまで入り込んでいる。信じられないこと、あってはならないことだ。

メールの発信場所はローンセンターだった。

帝都銀行ローンセンターは同じ本部ビルの二階だ。ローンを扱っているが一般顧客を相手にする機能はない。本支店から集められたローン関係書類の審査、保管が目的であって、出入りするためには他の本部勤務の行員と同じく、ガードマン常駐の地下通用口から入る必要があった。

不審人物の侵入を防ぐのはセキュリティの基本だ。来客は「来館者カード」という書類に記録し、受付から目的の部署に確認の上でないと入館できない。また、その際に「お客様」と書かれたネームプレートを胸に付けることになっている。行員の場合は、帝都銀行のネームプレートと身分証を見せることになっており、それが無ければ通過することは不可能だ。

それを狐はかいくぐった。

駆け出していった鏑木は、まもなく昨日の来館者名簿を抱えて戻ってきた。

名簿には、入館時間と退出時間が記録されていた。「お客様」プレートの枚数もチェックされており、異常はない。

来館者数は全部で三百人近かった。手分けをして、来館者カードに書き込まれた本部内の訪問先に片っ端から電話をかける。不審な者はいなかったか、カードに記載された相手に会っているかどうかを確かめるためだ。

総務部内で手分けをして、連絡が取れない何人かを除き、来館者カードに書き込まれた内容が正しいことを確認した。残りも午後までには全員と連絡がついたが、不審者はなかった。

「いったいどうなってんだよ！」

来館者全員の記録を調べ終わった鏑木が悲鳴に近い声を上げた。手伝った佳子らも、不安な表情で押し黙っている。

ローンセンターは、センターという名のつく通り、二百人近い行員と派遣社員が勤めている。派遣社員は全員、帝都銀行が出資した帝都人材サービスからの派遣で、身元も確かだ。ただ、センターには、各支店から直接書類が持ち込まれることがあって、センター員だけでなく外部の行員が大勢出入りしていることも確かだった。本部内に侵入すれば、センター内に出入りしても見咎《みとが》められることはまずない。防犯カメラも設置されていなかった。

午後開いた打ち合わせには、連絡を受けて駆けつけた門倉も加わった。

「行員の中に、狐がいると考えるのは不自然ですか」

門倉は大胆な意見をぶつけてきた。外部の人間にとって、行内メールを利用するという発想自体、不自然だと門倉は考えているのだ。

たしかにその通りだ。しかし、指宿には別な考えがあった。

これは加瀬の発想ではないか？

狐の背後に、なんらかの形で加瀬が加わっているとすれば話は別だ。

加瀬は頭のいい男だ。自ら手を下すはずはない。おそらく、犯罪になるような教唆《きょうさ》もしていないだろう、と指宿は推測した。怒りに前後を忘れた時田の犯意を知りながら、適当な情報をそれとなく流して操る——その程度のことなら、加瀬にはたやすいはずだ。

無論、全て指宿の推論に過ぎず、確証のない話には違いなかった。

「ここのところ、身分証の紛失届けは出ていないようですね」

人事部に確認にいった鏑木がもどってきて報告した。

門倉との打ち合わせを終えてデスクに戻った指宿は、加瀬に電話した。

「昨日はどうも」

日中はいつもひとりなのか、しんとした仕事場で加瀬の声はやけに静かに受話器から伝わってきた。

「昨夜、帝国生保の吾川さんという方が襲われたそうです」

「吾川……？」

「ご存知ですよね。変額保険、一緒に売られたと思いますが」

「ああ、あの人。思い出しました」

加瀬は大げさに驚いてみせたりはしなかった。

「どうして警察に嘘の住所を教えたんです」

ほんの僅《わず》かな間が挟まった。

「嘘の？　私は知っている住所をお話しただけですが」

とぼけてみせる。嘘はうまくない。

「あなたは、時田がいる本当の場所を知っているはずだ」

相手は黙った。

「教えてもらえませんか。人が殺されかかったんですよ。加瀬さん、あなたはそれでも平気なんですか」

「殺されても当然の人たちでしょう」

加瀬は言い放った。それは唯一、噴き出した加瀬の情念のように思えた。まともだと思っていた加瀬に見いだした異常な部分。どちらが真実なのか、指宿には判断がつかなかった。

「変額保険を売ったからですか。違うでしょう、それは」

指宿は思わず声を荒らげた。「これ以上、犯行を野放しにしておくわけにはいかないんです。教えてもらえませんか。時田さんの居場所を」

「知りません」

「あなたが帝都銀行を恨んでいるのはわかります。ならばせめてその理由を教えてもらえませんか」

加瀬は押し黙った。何か回答があるか——そんな数秒の後、電話は唐突に切れた。

殺されても当然の人たち……。いつまでも燃え続ける熾《お》き火《び》のように腹の底で熱を持ち続けた。加瀬の言葉は憎悪そのものだった。

12

「加瀬がらみのトラブルですか」

小山支店の応接室で向かい合った柚木は、少し困ったような顔をした。思い当たることはあるが、話すのは気乗りしない様子だ。加瀬は当時笹塚支店で融資課長をしていた柚木の部下だった。加瀬が帝都銀行に抱く恨みを知るためには、当時一緒に仕事をした柚木に聞くのが最も確実だと指宿は考えた。

だが、柚木の口は存外に重かった。

当初それを加瀬のことを思ってのことと解釈した指宿だったが、話を聞くうち、思い違いに気づいた。

ある人物の名前をあげることを遠慮していたのである。

ある人物、それは神谷喬一のことだった。

質問を変え、加瀬の勤務態度からきいた指宿は次第に、当時副支店長だった神谷と加瀬の対立について知った。

「所詮、副支店長とヒラの係員なんですから、ケンカにもならないわけなんですけど」

私から聞いたことは内密にしてくださいよ、と一言断って柚木はいった。

「加瀬は非常に真面目な男なんです。ただそれが、まとも過ぎるというかね。しかも、加瀬は非常に優秀なもんだから、銀行という組織が抱えている矛盾とか、ばかばかしさみたいなものが見えてしまう。そしてそれを口にする。それが神谷副支店長と衝突する原因になっていたんです」

柚木はひとつのエピソードを話した。

「こんなことがありました。ある時、新規口座の獲得キャンペーンが伸び悩んだんです。すると、神谷副支店長が確か三洋銀行の大手町支店だったと思いますが、バーター取引をまとめてきたんです。それをやれば当月のノルマ達成ということになるわけですが、加瀬だけは三洋の普通預金口座の作成を突っぱねた。使いもしない口座をお互いに作成しあっても無駄じゃないかというわけです。加瀬のいうことはもっともで正しいのですが、神谷副支店長は激怒しましてね。そんなことがあってから、何かと加瀬が目の敵にされることが多くなったんです」

その対立は変額保険でさらにエスカレートしたのだと柚木はいった。

「神谷副支店長が、変額保険の対象先をリストアップしろと指示を出したとき、融資係や外回りの全員が提出する中、加瀬は一件も挙げなかった。リスクがありすぎると自分で判断していたようです。これが神谷さんの逆鱗《げきりん》に触れた」

時田をセールスの対象に挙げたのではなく、無理矢理挙げさせられた。それが実態なのだと柚木はいった。

「時田への変額保険は、随分前から神谷副支店長が内心狙っていたんだと思います。時田があるだろう、と真っ先に挙げてましたから。なかなか加瀬が動かないものだから、宮前が売りにいった」

それが訴訟に発展したと柚木は説明した。

「結果からいえば、どれも加瀬が正しいんです。それに加瀬は、神谷さんに反抗しようなんて気はこれっぽっちもなかった。変額保険のときでも、リストを提出しない理由を自分から神谷さんに話してました。自分が動けば組織が変わるかもしれないと加瀬は考えていたのかも知れませんね。そういう意味では私の下にいた係員の中では、加瀬が一番帝都銀行のことを考えて行動していた。あれだけ優秀なんだからうまく使ってやれば、将来的に本当に帝都を変える人材になったかも知れないのに。そんなときに、融資でミスをしたりして、彼も運がなかった」

柚木の言葉に指宿は眉を動かした。「ミスとは？」

顔をしかめた柚木は、細く息を吸いこんだ。

「時田さんがらみの融資で、加瀬が担保を取り損ねてしまいまして。これは私自身の管理責任でもありますから、自分で説明するのも気がひけますな。どうぞ融資部へ行って調べてみてください。そこに詳しい資料があります。私から聞くより、ご自分の目で確かめられたほうがいいでしょう。まあ結局のところ、加瀬もバブルで人生が狂ってしまった一人なのかも知れませんな」

柚木はそんなことをいった。

「辞めたくて辞めたわけではないと思いますよ。非常に上昇志向の強い男でした。どこかで歯車が合わなくなった。神谷さんのような上司と巡りあってしまったのも彼の不運なのかも知れませんが。いったん狂った歯車は、さらに大きな狂いを生じさせ、彼もいまは孤独だと思いますよ」

しんとした加瀬の仕事場を思い出し、孤独、という柚木の言葉がしっくりくることに指宿は気づいた。

「その後、加瀬さんとは？」

「笹塚支店からは私のほうが先に転勤しましてそれっきりです。でも、その後、当時一緒だった仲間と会ったときに聞いた話ですが、奥さんとも離婚して、いまは細々と会社を経営しているという話でした」

柚木の言葉は指宿の心に重たく沈んだ。

小山支店から戻った指宿はまっすぐに融資部へ向かった。

時田の債権回収は、小池敬二というベテラン行員が手掛けていた。小池は、銀行員生活の大半を融資畑で過ごしてきた優秀な融資マンで、債権回収の手腕とご意見番的な辛辣な発言で知られる男だ。

小池に頼むと、忙しい最中に嫌な顔ひとつせず、時田硝子の資料をキャビネから出してデスクに積んでくれた。短い髪は白髪が目立つ。デスクに戻った小池は、帝都銀行が抱える「山のような不良債権」という状況を端的に表している融資稟議書《りんぎしょ》と債権関係書類の山に囲まれ、頻繁《ひんぱん》にかかってくる電話で、相手を叱りつけたり、はげましたりしながら、黙々と仕事をこなしている。デスクの上に置いた灰皿には、吸い殻が山になっていた。ストレス、ぎすぎすした部屋の雰囲気、まさに債権回収の修羅場と直結している緊張感が漂っていた。

「なにかあったら遠慮なくきいてくれよ」

礼をいった指宿は、デスクに積み上がった分厚い書類を広げた。

時田硝子と帝都銀行との取引は古く、取引開始は昭和三十年代に遡《さかのぼ》る。時田硝子の創業は昭和初期だ。創業者は時田伊輔、笹塚界隈《かいわい》の地主で富裕な家庭に育った伊輔は、学校で化学を修め、その技術を基礎にして時田硝子という会社を設立したのである。伊輔は変額保険の被保険者となった当の本人だった。

二代目の時田紀一郎のときに大手硝子メーカーの下請けとなって会社は発展したが、昭和六十年代から製造拠点が海外に移されていく流れに乗り切れず失速、業績は下降線を辿りはじめていた。

かねてから伊輔の相続問題を心配していた紀一郎に取り入り、問題の変額保険に加入するための資金を帝都銀行が融資したのは、いよいよ会社の業績に暗雲が立ちこめはじめた平成四年一月。バブルの絶頂から、崩壊へと向かうまさにその瞬間、最悪のタイミングで契約、融資をしたことになる。

融資額は十億円。借り入れの名義は、伊輔である。

時田硝子の株式は先代になる創業者が多数保有しており、それに笹塚界隈に所有していた不動産の評価額から算出した相続税が変額保険加入額の根拠となった。もちろん、全てはその後数年のうちに激変し、融資だけが利息を含めてそのまま残ることになったわけだが……。

伊輔が亡くなったのは、平成七年。百歳近い大往生だった。株価はバブル最盛期のおよそ半分で、死亡時の解約返戻金では、融資額の十億円どころか利息も払えないような状況だった。

当時、帝都銀行はこれとは別に時田硝子に対しても十億円近い融資をしていた。業績も青息吐息だった時田硝子との関係が急速に悪化し、これをきっかけにして不渡りを出して倒産、帝都銀行は時田関連で総額二十億円もの不良債権を抱えることになったのである。このうち、担保処分によって回収できたのは半分の十億円に過ぎない。

「お粗末だろ」

指宿がファイルから顔を上げるのを待っていたかのように、小池がきいた。

「時田に関する融資は納得できないことばかりだ。とくに変額保険を売る前の融資がよくない」

いわれてファイルをめくった指宿の目に融資稟議書の三億円という金額が飛び込んでき

た。

「資金使途が気にくわねえ」

指宿は稟議書を読んだ。

「有価証券資金、ですか」

「業績が危うくなった会社に、そんな金、貸し付けるなんてバブル時代とはいえどうかと思うね」

書類から顔を上げた小池は、椅子を回して指宿に向いた。

「しかも融資した後に担保不足まで引き起こしている。これはもうお粗末以外の何物でもない」

「担保不足？」

銀行では株を買うための資金を融資するとき、購入した株を担保にもらうのが一般的なやり方になっている。時田硝子の稟議条件もそうなっていたはずだ。まさに痛恨のミス。柚木がいっていたのはこのことに違いなかった。

「担保に取る前に、すでに一部が売却されてしまっていたんだ。相手がなかなか申し入れに応じなかったと担当者は言っているらしいが、俺にいわせりゃ言い訳だ、そんなの」

小池は、指宿からファイルを受け取り、慣れた手つきでページをめくった。ほら、と戻してくる。

手書きの書簡がそこにファイルされていた。

『時田硝子の有価証券担保徴求洩れについて』というタイトル。書簡の差出人は、笹塚支店副支店長神谷喬一。宛先は、融資部長となっている。

――掲記の件、当支店担当者加瀬直紀の事務疎漏《そろう》により、ご承認条件である有価証券担保に不足が生じましたことは誠に遺憾であります。当人には厳重に注意の上、今後このようなことの無き様、管理強化して参る所存でありますので、何卒、別添稟議の件、ご承認頂きますよう御願い申し上げます。

その別添の稟議は、書簡の後ろにファイリングされていた。

三億円から二億五千万円に担保減額――。短期間に五千万円もの担保不足を引き起こしている計算だ。

「株の差し入れが遅れた間に、時田は投資に失敗して五千万円もの大損をしちまったんだ。その尻拭いだけこっちに回ってくるんだから、やってられねえよ」

小池の皮肉に、指宿は黙って書類を見つめるしかなかった。あの冷静な加瀬がこんなミスを犯したのか。

最終的に銀行は巨額の損失を抱え、加瀬も自ら銀行を去った。一方、変額保険で失敗した時田はその後倒産し、失意のどん底で時田紀一郎は死んだ。そして時田恒夫の復讐が始まったのだ。

誰も得るものがなく、遺恨だけが残る。

それがバブルという時代だったと言えばそれまでだが、むなしさが募った。

「変額保険は訴訟になってたらしいが、甘えた話だと思うね」

小池は意外なことをいった。

「有価証券投資は先方から申し入れてきたものだ。利用できるときには利用し、担当者の申し入れにも担保の差し出しは平気で怠《おこた》る。一方で変額保険の失敗を恨んで生保の社員を襲う。こんな甘えた話が他にあるか」

有価証券投資資金の稟議書にも、神谷の書簡はついていた。営業力抜群と噂される神谷は、確かにこまめに融資案件をサポートしている。神谷は時田硝子との長年にわたる親密関係について言及し、相手の資産状況からして相続案件で大きなビジネスに結びつく可能性があることなどを示唆《しさ》していた。大きなビジネスとは変額保険に他ならない。

「こんな稟議が通ることの方がおかしいが、それはある意味、審査部と支店との力関係だからな」

神谷は笹塚支店に副支店長として赴任する前、融資部次長という肩書きだったと小池はいった。古巣、しかもかつての部下である審査担当調査役に話をねじ込むことはたやすい。しかも、神谷には行内の派閥を背景にした後ろ盾も揃っていた。

「時田が犯人なら、逆恨みもいいところだ。この後変額でやられたっていうんなら、おあいこじゃないか」

それも一つの考え方に違いなかった。

事務疎漏という、加瀬の不名誉な事実は証明された。だが、加瀬は自らのミスで逆恨みするような男ではない。

なにか、足りない。

加瀬の心にひっかかっているものがなんなのか。いったい何を加瀬は抱え込んでいるのか。もう一枚、壁を破れないもどかしさを指宿は感じた。

13

川内好蔵は、六十近い年齢の、頑固そうな男だった。古い背広をぎこちなく着た様は、いかにも着慣れていない様子でみすぼらしく見える。指宿を見る男の目は緊張して、抑制した敵意と小動物のような恐れを浮かべていた。

昨日——。

「実は時田硝子の経理をやっていらっしゃった方が今日うちの事務所にいらっしゃるんで

すが」

電話をしてきた久遠の意図は不明だった。

「時田専務の下で働いていた方です。先日あなたがここにいらっしゃったことをその方にお話したところ、是非、会いたいと……」

実務担当者であれば、新しい情報が摑める可能性がある。

行きます、と指宿は返事をし、その場で決めた時間に久遠の事務所を訪ねた。

「専務があらぬ容疑を掛けられていると伺いまして、正直腹が立って腹が立って……」

川内の横に援軍よろしく久遠が座り、まるで裁判のやり直しのような直接対決の様相になった。案の定、それから三十分近く、川内は感情的にまくしたてた。

「銀行さんは晴れの日に傘を差しだし——」

川内の口からありきたりな銀行批判が飛び出したとき、指宿は気になるものを見つけて話を遮《さえぎ》った。

「それ、会社の資料ですね」

久遠と川内との間に、大きめの紙袋が置いてある。そこに、帝都銀行のものと思われる書類がのぞいていた。

「見せていただいてよろしいですか」

久遠がうなずいたのを確認してから、紙袋の中味をテーブルの上に出した。

指宿は帝都銀行が発行している「融資明細書」の一つを取りあげた。川内の表情が渋いものに変わったのは、そこに三億円という金額が記載されていたからだろう。平成三年、有価証券投資のために帝都銀行が融資した――あの資金である。

「ああ、それは専務の――」と川内はいいかけた。

「この株を買われたのは専務ですか」

問うた指宿に、川内はうかがうような目をした。

「どうして、こんな時期に株の投資をされたのかと思いまして」

「どうしてって、あの頃は猫も杓子《しやくし》も株で――」

「そうですか？」

指宿は少々腹が立っていたこともあっていった。「御社の業績はすでに悪くなりかかってましたね。そんなときに、リスクのある株を三億円も買おうと思いますかね」

「専務は株が好きだったからね」

言いたいことをいったせいか、川内は口が軽くなっていた。

「その融資は、専務の大損を肩代わりしたやつだったな」

「肩代わり？」

元経理担当者の発言に指宿は目を見開いた。その表情に、なにをいまさら、と川内は続けた。

「それはお宅だってわかってたことでしょうに」

違う。少なくとも稟議はそうなっていなかった。恒夫個人の株式投資損失については一言も触れられていなかったはずだ。

「加瀬がそれを承知していたということですか」

「加瀬さんじゃないよ。神谷副支店長と宮前。あの二人と専務で相談して決めたことさ」

指宿は川内の顔を見据えた。神谷の書簡が脳裏に浮かんだ。神谷が事務疎漏をあげつらっていたのは宮前ではなく、加瀬だった。加瀬の怠慢が担保不足を招いたと書いていた。

だが、そうではなく、神谷は最初から担保が不足していることを知っていたのだ。

そしてその罪を何も知らない加瀬に押しつけた。狙いは変額保険の成約か。十億円の融資実績、或いは帝国生保からのキックバックか——。

「時田専務からは謝礼まで支払ってるってのに。銀行はここでも恩を仇で返すようなことをしたんだ」

川内のざらついた声はあくまでも銀行批判に徹する。顔を上げた指宿に、老練な弁護士は意地の悪い笑いを浮かべて肩を竦《すく》めてみせた。これがいいたかったのか。ようやく指宿にも久遠の意図が見えてきた。

「裁判で指摘したところで、金を送ったのが時田恒夫では裁判そのものが茶番になってしまうでしょうな。あなたが気づかなければ、こちらから出すつもりだったんだが」

そういって久遠が出したのは、二枚の「振込依頼書」だった。神谷と宮前の名前がそこに入っている。二人には五百万円ずつの金が振り込まれていた。神谷が指定したのは、三洋銀行大手町支店。狐がメッセージを残したのと同じ口座だった。

「恒夫さんはご立腹でしたよ」

久遠はさらに皮肉な笑いを浮かべた。「金までもらっておきながら裁判でのあの態度はなんだって」

身勝手な言い分、甘えた話。久遠もそれは分かっている。

「この謝礼のこと、加瀬さんにもお話されたんですか」

「裁判の前に一緒に打ち合わせをしましたからね」

初めて、加瀬は自分が落ちた陥穽《かんせい》に気づいたのだろう。十年近く前の出来事がいまに蘇った理由はここにある。

加瀬は時田に恩義を感じているといった。だが、それは時田恒夫ではなく、時田紀一郎に向けられたものだ。一方の恒夫は、加瀬にとっては神谷や宮前と同じように許し難い男だったに違いない。

そして恒夫は、敗訴の後、復讐を思い立った。加瀬は銀行のセキュリティの盲点を、たんに仄《ほの》めかすだけでよかったはずだ。キャッシュコーナーを利用した放火、顧客名簿を狙い、さらに巨額の為替損を被らせるアイデアは、元銀行員である加瀬だからこそ思いつくものだ。だから恒夫は銀行の裏をかくことができた。ヘルメットをかぶって現れた大胆な発想も、客商売の銀行体質を見抜いた加瀬のヒントがあったからだろう。

加瀬は恒夫を利用して、神谷と宮前に復讐しようとした。そして恒夫もまた破滅させようと考えたのだ。

書類の中に、競売にかけられようとしている不動産担保の写真が何枚か入っていた。時田硝子が帝都銀行に差し入れているのは、本社と社長自宅、それと笹塚近隣に持っていた工場の三物件だ。

何気なくそれを見た指宿は、その一枚に鳥居《とりい》が写っているのを見つけた。赤く塗られた細い柱。その向こうに、祠《ほこら》がある。奇妙なのは、空が近いことだ。空の下には、鉄筋コンクリートのビル群が続いている。カメラのアングルのせいだろうが、どこか現実離れした奇妙な光景だった。

「どこですか、この写真の風景は」

「本社の屋上ですよ」川内がこたえた。

「屋上？　それじゃ、この祠は？」

「稲荷神社ですよ」

「お稲荷さん？」

「あったんです、屋上に。ご存知ないですか、ビルの屋上に稲荷を祀《まつ》っている会社、たまにあるでしょう」

確かに、そんな光景を何度か見たことがある。

だからか――。狐の由来は、意外なところにあった。都会にも狐はいたのである。

14

本部にもどった指宿の未決裁箱《ブラックボックス》に、手配しておいた加瀬直紀の詳細な人事資料が届いていた。

一流の大学を出て、帝都銀行内でも中堅クラスの支店を二つ回った。大塚支店と笹塚支店だ。悪くないコース。ところが、その後神奈川にある小さな店に転勤し、係員のまま退職を決意することになる。

柚木は加瀬を上昇志向の強い男だといった。小規模店舗への転勤は、あきらかに左遷《させん》だ。将来を見切った加瀬は、銀行にぶらさがるのではなく、自ら退職という道を選んだのだ。

真面目で几帳面な性格は、「信頼できる」「堅実な性格」と評価される反面で、「大人しすぎ」「覇気《はき》に欠ける」という言葉に表される物足りなさを強調する評者もいる。

一つの事件を境に加瀬の銀行員人生は暗転していった。時田硝子での担保不足は、加瀬への肯定的な評価を全て帳消しにするほどのインパクトがあった。

指宿は、加瀬の賞罰欄に記された「戒告」という記述に気づいた。平成四年一月とある。

笹塚支店での事務疎漏がその理由だ。時田硝子に対する有価証券投資資金。その担保割れの責任を加瀬は取らされたのである。

指宿は人事部に内線をかけ、顔見知りの調査役に当時のことをきいた。

「処分は加瀬だけか。支店長以下に対してはどうなっている」

加瀬の直接の上司となる融資課長には叱責状《しっせきじょう》が出ています、というのが相手の回答だった。叱責状は、帝都銀行の罰則規定から外れた軽微な警告であって、戒告処分の重みとは比べものにならない。神谷と宮前の責任は不問。変額保険を売りまくり、華々しい業績をひっさげて栄転していった男達の踏み台。それが加瀬に託された役割だったのだ。

「加瀬という男もだらしがないよ」

考え込んだ指宿に、人事部の担当調査役はぼやいてみせた。「稟議条件違反なんて怠慢以外の何ものでもない。堅実な性格とか評した上司がいたけど、嘘だね。表彰を取ったことは一度もないかわり、始末書はさっきの担保不足の件も合わせて二件もある」

「二件……？」

担保割れの他に、もう一件……。

指宿はよく片づいた加瀬の事務所を頭に思い描いた。几帳面な性格は加瀬の暮らしぶりからも滲み出ていた。考えられないことのように思える。

「もう一枚の始末書？」

「身分証紛失。退職前に、身分証とネームプレートを無くしてるんだ。ほら、あれは退職時に銀行に返却することになってるじゃないか。本当はもっと前に無くしていたのに、それまで隠していたんだろう。退職が決まり、返却しなければならないと知って申し出たってところか」

やはり身分証は紛失していた。だが、それは三年も前の話だった。

「辞めた瞬間過去になる」と加瀬は銀行を評した。そして、

――せめて自分がそこで生きてきたという証が欲しい。

そう思ったという。

紛失したとされる身分証とネームプレートが、加瀬にとってのささやかな証だったのではないか。正直者が馬鹿を見る――まさにそれを地でいった話に、そんな小さな裏切りがあったほうがむしろ自然に思える。

同時に、指宿は、狐が行内に出入りできた理由を知った。加瀬が始末書を書いてまで入手した身分証はいま、狐の手にあるはずだ。時田に身分証を渡すやり方はいくらでもあるだろう。時田の家に置き忘れてもいいし、盗ませてもいい。それを使えば、狐は好きなよ

うに帝都銀行内を歩き回ることができる。

加瀬の進路希望欄に「審査部」とあるのがむなしかった。加瀬を踏み台に出世していった宮前の現場所である。

疑問は、全て解けた。

宮前に電話する。名乗った途端に舌打ちが聞こえた。このくそ忙しいときに、といった言葉が洩れてくる。

「こちらにお越し願えませんか」

「なんの用件ですかね」

宮前の声はささくれ立つ。「いま忙しいんだけど」

「先日来の件です。時田さんに対する融資について問題が見つかりまして」

「問題？　電話でも構わんでしょう」

「いえ、電話では。どうぞこちらへお越し下さい。お待ちしてますから」

しばらくすると、これ以上ないほどの膨れっ面をぶら下げ、宮前が足早に総務部の入り口を入ってくるのが見えた。

ずんずんと指宿のところまで進んでくると、「いったい何だよ、迷惑な」と怒りも露《あら》わに吐き捨てる。

指宿は立ち上がると黙って近くのミーティング・ルームを指した。宮前は動かない。

「ここで結構。長居するつもりはないので」

「それでは率直に伺います。時田硝子に対する有価証券投資資金の見返りとして、時田恒夫からあなたと新橋支店長の神谷に対して謝礼が支払われていますね」

苛立ちを浮かべていた顔が凍りついた。まばたきもせず、指宿を見つめる。

「時田硝子の有価証券資金三億円——。加瀬が稟議を書いてるが、これはあなたと神谷支店長がまとめた融資です。しかも担保不足は最初からわかっていた」

みつめていた宮前の瞳に、悪あがきともとれる激しい怒りが滲み出した。

「自分が何をいっているのかわかってるのか。神谷支店長にも同じ事をいってみろ」

「もちろん、そうするつもりです」

「なにっ」

指宿は、デスクに裏返しにしていた書類の表を見せた。

久遠から預かった振込依頼書の写しだ。

絶望は、ひび割れた硝子のような無秩序な模様となって宮前の表情に現れた。顔から生気が失せていき、感情が無数の破片となってはがれ落ちていく。

失礼、と静かに鏑木が割って入った。

「指宿調査役。これが届いたそうです——」

行内メールだ。

こんどは　ぎんこういん　たのしみにしときや　狐

茫然と立ちつくす宮前に構わず、指宿は椅子の背にかけた上着をとった。一刻の猶予《ゆうよ》もならない。

「どちらへ？」

鏑木がきいた。

「加瀬と会ってくる」

そして伝えるのだ。君の問題は解決したと。狐が再び捕食活動に出る前に。都会の狐はもう手紙を書くことはないだろう。そして決して野に帰ることもない。

ローンカウンター

1

小雨が降っていた。なま暖かく細い雨脚に濡れそぼっている街は、藍《あい》とも黒ともつかぬ空の下でダークトーンの憂鬱《ゆううつ》な横顔をみせている。六月初旬の昼下がり。午前中の捜査を終え、遅めの昼食を済ませた山北史朗は、恨めしい顔でその空を仰いだ。

急いで鞄《かばん》から出した折りたたみ傘を広げ、渋谷警察署の正面玄関から足早に歩道橋を渡る。渋谷駅のコンコースを抜け、その裏手にあるバスターミナル手前まで来たところで信号につかまった。

路線バスが一台、排気ガスをまき散らしながら通り過ぎていく。

気が急《せ》いた。昼食後のほんのひとときとはいえ、難事件を抱える特別捜査本部を抜け出すのは後ろめたかった。それが個人的な事情であればなおさらだ。

なかなか変わらない信号を待ちながら、山北は、息子の事故を苦々しく思い起こした。

大学三年生の克郎が首都高でカーブを曲がり損ね、三ヵ月前に買ったばかりの車を廃車にしたのは先月末だった。午前二時。遊びに行った帰りの、疲れによる居眠り運転が原因だった。

幸い、同乗していたガールフレンドに怪我はなかったが、息子の方は左の手首を骨折して全治一ヵ月の重傷。自業自得である。

場所は南平台《なんぺいだい》から渋谷方向に向かう辺り。よりによって渋谷警察署の管轄内だった。おかげで、事故を処理した交通課の連中に冷やかされた。

「なまじ高級車を買うとスピードを出したくなるもんな、山さん」

「息子さん、顔、似てるねえ。山さんがコレ乗せてて事故ったかと思ったよ」と小指を立てる。

人の気も知らないで勝手なことばかり言いやがって。

山北が険悪な表情になったとき信号が変わった。傘をすぼめ、小走りに横断歩道を渡りきると、向かいに建つ二都銀行渋谷支店に駆け込んだ。新しい車のローンを組むためである。

傘についた雨を払う。いらっしゃいませ、という案内係の声に迎えられて顔を上げると、壁に貼り出された若い女性のポスターが山北に微笑みかけていた。

似ている。そう思った。定岡春子がまだ生きているとき、写真のなかで微笑んでいた顔に。

すぐに別な春子が脳裏に浮かんだ。悶絶《もんぜつ》の末に息絶えた、凄惨《せいさん》な死に顔だ。それは、〝特捜〟が設置されることになった婦女暴行連続殺人事件、その最初の被害者の表情だった。

2

肌寒い四月一日の晩、松濤《しょうとう》美術館に近い円山町の一角にあるマンションの管理人から、女が死んでいるという通報があった。

山北が同僚の岡村と駆けつけた現場は、築後十五年を過ぎた賃貸マンションの2LDKだった。玄関を入って左手に洗面所、右手に小さな洋室。正面に白いガラスのはまったドアがあり、その向こうがリビングになっていた。リビングの右手にもうひとつの部屋がある。

若い女性の部屋らしい、小綺麗《こぎれい》に片づけられた部屋だった。寝室に使っていたのだろう、六畳の和室だが、畳に臙脂色《えんじいろ》のカーペットが敷いてある。シングル・ベッドと小さな箪笥《たんす》。その上に陶器でできた動物の人形が置かれていた。動物がタキシードを着て、楽器を演奏している置物だ。ゴリラがサックス、カンガルーの親子はハーモニカ、ライオンはドラム、ブルドッグがベース。ジャズでも演奏しているのか。部屋には物色された形跡はなかった。物取りではない。

仰向けになった彼女は顔を窓へ向けていた。衣服は全てはぎ取られ、腕に絡まった下着以外なにもつけていない。生まれたままの姿だった。

歳は二十五か、六。顔立ちは丸めで色白。しかし、美人だったかどうかは、山北にも想像がつかなかった。恐怖と怒り、そして苦痛に歪んだ表情は血塗《ちまみ》れで、開いた瞼《まぶた》からは白目が覗いている。首を絞められた痕《あと》がある。その惨《むご》たらしさに思わず目を背けた。

カーテンが三十センチほど開いたままになっている。窓際に立つと、マンションの裏手にあるちっぽけな公園が見下ろせた。小さな砂場とコンクリートを塗り固めてつくった象の滑り台。桜が一本あって、満開の花が悲しいほど美しかった。

「暴行を受けていますね」

山北の背後から、署への連絡を終えた岡村の緊張した声がした。それは一目見たとき山北にもわかっていたことだ。振り返ると岡村は中腰で、被害者の股間を覗き込んでいる。そこから犯人の精液らしきものが流れ出ていた。

頭部を殴打されたらしく、ベッドのシーツに大量の血液が付着していた。それがどす黒くなって固まっていることから、少なくとも死後半日以上の時間が経過していることは明らかだ。

「ご苦労さまです」

背後から声がかかった。鑑識係が首からストロボ付きのカメラを提げ、黒い大きな手提げ鞄をもって入ってきた。山北は邪魔にならないように場所を譲り、岡村を促してリビングに移動した。

テレビとステレオ。電化製品は特に高級というわけではなく、ありふれた量産品だ。グリーンのカーペットは、かなり陽に灼《や》けている。真ん中に二人掛けのソファと木製のローテーブル、それを挟んでL字形の配置で一人掛けの肘掛け椅子。その足元にベッドルームに無かった被害者の衣服の一部が散乱していた。黒のレザー・スカート、それと同系色の丸まったストッキング、そして下着――。それらは彼女がこの部屋で襲われ、寝室のベッドに運ばれたことを示している。

肘掛け椅子の方はテレビを正面に見る位置にあり、おそらく一人でいるときの被害者の定位置だったと思われた。頭の部分にバスタオルが一枚かかっている。濡れたままの髪で座ることもあっただろうと山北は推測した。

「ここで襲われた、と。衝動的な犯行に見えますね」

同感だ。岡村は、カーペットの上に転がっているガラス製の灰皿の傍《かたわ》らに片膝をついて見下ろしている。クリスタル製の、大ぶりで重い灰皿だ。持たなくても、山北にはその重量が手に染みついているような気がした。灰皿の底には、べったりと血液が付着している。

計画的な犯行であれば、予《あらかじ》め凶器を持ち込む場合が多い。あるいは、この部屋に灰皿があることを知っていて、最初からそれで殴ろうと決めていたのか。

違う、と思った。犯人は、最初から殺意があったのではない。

何らかの理由――たとえば彼女と犯人とは顔見知りで、犯人は関係を持とうとしてここに来たのではないか。ところが彼女にはその気がなかった。口論になったのかも知れない。結果的に犯人は灰皿で殴り、昏倒《こんとう》しているところをレイプして殺した。あるいは殺してからレイプした。

衝動的な犯行と思われる理由は他にもあった。被害者の股間に遺された精液がそれだ。精液から血液型が判明することぐらい中学生でも知っている。

リビングを見回していた山北は、テレビ台の前に被害者のものらしいハンドバッグが転がっているのを見つけた。

傷一つない滑らかな黒革のバッグだが、蓋《ふた》の部分に皺《しわ》があり、折れ曲がっていた。手袋をした手で、そっと開けてみる。ルイ・ヴィトンの財布。ハンカチ。赤い表紙の手帳。小銭入れ。文庫本が一冊。

その財布を開けてみた。クレジットカード、それに銀行のキャッシュカードが一枚ずつ。

運転免許証には肩までの髪の女が写っていた。被害者の女性だ。はじめて山北は生前の彼女を目にした。免許証の名前は定岡春子。生年月日から、二十五歳と知れた。

現金は無事で、数えると全部で十万円ほど入っていた。

いったい、犯人は何を盗ろうとしたのだろう。

「鍵がかかってたんですかね、山さん。無理に開けようとしてできたんですよ」

岡村はハンドバッグについた皺の理由を推測してみせた。

「なるほど、そうか」

それは思いつかなかった。山北の鞄にも留め金に鍵がついているが、実際施錠したことはない。小さな鍵は買ったとき鞄の内ポケットに入れたまま、その後、手にしたこともなかった。

玄関からリビングへ通ずるドアのところに、管理人と共に被害者を発見したという若い女が立っていた。怯えた表情のまま両腕で自分の体を抱いている。血の気の失せた顔で、いまにも貧血を起こしそうだ。

山北は、玄関の扉を開けたまま、不安そうになかの様子を窺っていた管理人を呼んだ。開襟シャツから瘦《や》せた首が出ている、気の小さそうな初老の男だった。

「この人をどこかで休ませてあげてくれませんか。この部屋は鑑識が調べますから、管理人室があればそちらに」

それから女に向かっていった。「落ち着いたら、少しお話を聞かせてください」

管理人と若い女が部屋を出ていったあと、山北は玄関のドアを調べた。

「岡ちゃん。これ、どう思う?」

山北に替わってノブの鍵穴を覗き込んだ岡村は携帯していたペンライトで中を照らし、

様々な角度に視線を変えた。

「こじ開けられた形跡はないですね。彼女が開けて中に入れたか、最初から開いていたか」

子細を検討していると、共同廊下の端にあるエレベーターで管理人が戻ってきた。

「このドア、来たときどうなってましたか」

眼窩《がんか》の底で小さな目がきょろきょろと動いた。

「開いてました。さっきの女の子が、定岡さんが病気かも知れないからって言うんで、私も一緒に来たんです。鍵はかかっていませんでした」

「スペア・キーはお持ちですか」

「あります」

指を下に向ける。一階の管理人室に保管されているのだと言った。

「この部屋のスペアもちゃんとありましたか」

「ええ、そのとき持ってきましたから」

マンションは六階建てで、入り口には外部からの侵入を防ぐためのセキュリティ・システムがある。各部屋の鍵を差し込んで回すと玄関のドア・ロックが外れる仕組みだ。

「玄関の扉ですけどね、うっかり開きっぱなしになってることはないですか」

まさか、と管理人は首を横に振った。

「そんなことはありません。うちのはちゃんと閉まるようになってますから」

「じゃあ、彼女が開けたのか。部屋の中から」

管理人にではなく、自分に言った。そうとしか考えられない。鍵を持たない外来者はインターホンで各部屋と通話できる。ドア・ロックは各部屋からの遠隔操作でも外れる。

「昨日から今日にかけて、不審者を見かけませんでしたか」

岡村が管理人に聞いた。

「さあ。見かけませんでした。それに、いつも管理人室にいるわけではないもので」

管理人は小平《こだいら》晋作と名乗った。このマンションのオーナーで、最上階に住んでいるという。人は見かけによらない。

「顔を見れば、住人かどうか区別はつきますか」

「はい。わたし、人の顔を覚えるのは得意なんです」

「定岡さんについてはどうです」

小平はしばらく考え込んだ。

「顔は見ればわかりますが、最初、借りに来たときに少し話をしたぐらいで、それも一年半くらい前です。その後はとくに話をしたこともありませんし、面識がある程度ですか。それに夜の商売のようでしたから、時間帯も合わないしねえ」

「彼女の部屋に男性が訪ねてくることはありませんでした？」

もし彼女が自分でドア・ロックを外したのなら、顔見知りの犯行である可能性は高い。もちろん、男だ。これははっきりしている。

「見たことないですねえ。そういえば一度、中年の男性が彼女を訪ねてきたことはありましたが、エントランスからそのまま帰っていきました。追い返されたんじゃないですかね」

「彼女を訪ねたことは間違いないですか」

「え、ええ。ちょうど管理人室の窓を掃除していましてね、男が三〇一のボタンを押してるのが見えましたから」

「男の顔、覚えてますか」

「顔まではちょっと。背広を着ていて、五十ぐらいの男だったと思います。白髪の多い人でしたね。この人も私みたいになるな、と思ったことを覚えていますから」

小平は薄い銀髪を掌《てのひら》で撫でた。

3

玄関脇の管理人室にある古ぼけた応接セットのソファで、安藤恵子は花柄のハンカチを握りしめていた。茶色の木製テーブルには、今どきめずらしいダイヤル式電話が丸いレース編みの敷物に鎮座していた。

定岡春子は、歌舞伎町にある会員制クラブで働いていた。中小企業の経営者や上場企業の部長クラスといった上客を相手にしている店で、十人ほど女の子がいるという。恵子もその内のひとりだと言ったが、どう見てもホステスには見えなかった。春らしい花柄のワンピースを着て、ショートカットに少し幼さの残る顔立ち。今年二十三歳になる彼女は仙台の短大を卒業してから東京に出てきたと言った。その後、どういう経緯があっていまの店で働き始めたのか山北は聞かなかったが、最近の若い娘たちは、特に理由もなくそういう商売を選ぶことも珍しくない。

現場での調べを終えて山北がここに来たとき、恵子の顔にはほんのりと朱が差していた。聞けば管理人の小平が、気つけにといってブランデーをくれたのだという。湯飲みの横におかれたブランデー・グラスはすでに干されて、彼女はいま山北と同じ番茶をすすっていた。定岡春子の死にショックは受けているが、アルコールのせいもあってだいぶ落ち着きを取り戻していた。

「一昨日から二日間、ハルちゃん無断で店を休んでたんです。そんなこと一度も無かったし、何かあったかと思って、それで来てみようと――」

「定岡さんが、なにかトラブルに巻き込まれていたとか、聞いたことはないですか」

「トラブルって言われても」

恵子は返答に困っている。

「定岡さんにつきまとっていた男性はいませんでしたか」

「ああ、それでしたら」

いいかけて恵子は口を噤《つぐ》んだ。山北が突っ込むと、自由が丘で税理士事務所を開業しているという男の名を挙げた。

「ハルちゃんのこと気に入ってて、よく店に来てました。でもハルちゃん、その人のこと嫌がっていて……。かなりしつこかったみたいです」

「しつこいというのは」

「ハルちゃんに愛人にならないかって。それ断ってたら、今度は店にいるときに嫌がらせしたり」

「たとえばどんな?」

「わざとウィスキーを服にこぼしたり。それで目の前で着替えろなんて言うんです。そういう質が悪いお客さん、たまにいるんです」

「年格好はどんな男?」

「五十近い歳だと思います。あまり背は高くなくて、がっしりした体で、色黒で」

「髪は?」

「白髪まじりです。もっと年取ったらロマンス・グレーになるんだって自慢してました」

まちがいない。管理人が見た男と同一人物だろう。山北は手帳に男の名を書きとめようとして、手をとめた。本名だろうか。飲み屋で偽名を使う者は少なくない。他愛のない遊びだが、事件捜査となると遊びではすまない。

「この丸太という名前、本名だろうか」

「そのはずです。店の会員になるときに免許証のコピーとるんです。だから」

恵子はそれからぽつりと呟いた。

「そういえば今日、エープリルフールですね」

面白い子だ。言われるまで、山北も忘れていた。住所は店の会員名簿を調べればわかるという。店の連絡先を聞くと、恵子が自分の名刺を一枚くれた。

――クラブ　柊《ひいらぎ》。

歌舞伎町二丁目の住所が印刷されている。

「あなたは何年ぐらいこの店で働いてるの」

「あたしはまだ一年ぐらい。ハルちゃんはもう二年になると思います」

「定岡さんには、あなた以外にも親しい友人はいたのかな」

「店で？　ううん。あたしが一番親しかったと思う。みんな親しいというより、尊敬の対象でした」

「尊敬の対象？」

「勤勉でしたから、ハルちゃん」

そういえば、彼女は、定岡春子が無断欠勤をしたのを心配してここに来たと証言していた。

「無断で店を休むというのは、彼女にしてみれば珍しいのかな」

「ほとんど休んだことなかったし、たまに無断で休む子がいると、そういうことしちゃいけないのよって諭《さと》してたぐらいです」

「仕事熱心だったと」

「前の店で嫌なことがあったみたい。田舎から出てきて、わけも分からず、新橋だか銀座だかの店に入ったんです。そこでママにいじめられたみたい。前の店を飛び出したときに、いつか自分の店を持って見返してやるって、そう思ったって」

恵子はまるで自分の決意を語っているかのように、力を込めた。

「彼女の田舎ってどこですか」

「新潟です」

そう言ってから、あ、と声を上げた。

「そういえば、前の店にいたとき知り合った人と最近まで付き合ってました。たしかその人も新潟出身の人だって、ハルちゃん、言ってたと思います」

「その人と会ったことは？」

恵子は首を振った。

「なんて名前かわかるかな」

「川本か根本か、もしかしたら、橋本かも知れない。とにかくモトがつく名前だったと思います」

春子の手帳を見てみよう。そう思ってふと、山北は思いついた。

「彼女のハンドバッグに鍵がかかってたようですけど、いつもそうしてましたか」

「ええ。前に電車の中でスリにやられたことがあって、それ以来、鍵かけてました、彼女。自分が稼いだお金をそんな風に無くすのが耐えられないっていって。用心深いんで有名だったんです」

すると、彼女の部屋の入り口が開いたままになっていたとは考えられない。夏なら、風を入れるためにドアを半開きにしておくことも考えられるが、なにせ今は寒の戻りも厳しい初春だ。それに春子の性格ならきっとドア・チェーンをかけただろう。しかし、鍵は壊されていなかった。やはり彼女の顔見知りの犯行である可能性が高い。

「お金には執着するほうだったのかな」

「そうですね」

嫌なことでも思い出したのか、恵子は小声になった。

「何か、思い当たることがある？」

「思い当たるというか……。事件には関係ないことですけど。前に、店で働いてた子の旦那さんがサラ金で借金つくっちゃって、すごく困ってたんです。金額は二百万円ぐらいだったと思うけど、それでハルちゃんに貸してくれないかって頼んだんです。そのときハルちゃん、絶対にイヤだって。一時期、店の雰囲気が悪くなってたことはありました。ふだん親しくしてたんだし、たくさん貯めてるんだから、少しぐらい貸してあげればいいと私は思ったんですけど、とりつく島もないって感じで」

「その話、いつのことですか」

「半年ぐらい前です。でも、結局、その子、店を変わって。それで返したんじゃないかな」

店を変わって返す。その意味は聞かなくてもわかった。山北は一応、その子の名前を聞いた。そして「預金通帳」と手帳に書き込む。この聴取が終わったら確認してみるつもりだった。ただ、春子の部屋には物色された形跡は無く、金が犯行の動機だとは思えなかった。

「定岡さんはふだん、店が休みのときには何をしてたんだろう。趣味とか、そういったものはあったんだろうか」

「趣味、ですか。どうかな」

「旅行なんか、どうですか」

「どうして、そう思うんですか」

逆に恵子が質問した。

「彼女の部屋には若い女性の部屋にありがちなお花とか全く見当たらなかったからね。ベランダにも植木鉢ひとつ無かった。旅行がちな独身者は、家を空けることを考えて、植木やペットを持たない人が多いんじゃないかな」

「ああ、そっか。でも、ハルちゃんが旅行に行ったなんて話、聞いたことがありません。せいぜい新潟に帰るぐらいでした」

恵子は首を傾げた。「ハルちゃんの趣味ってなんだろう」

4

春子につきまとっていた男は、丸太敏夫という税理士だった。東急東横線自由が丘駅に近い雑居ビルの三階と四階を借り切った広々としたオフィスに二十人近い事務員を抱える羽振りのいい男だった。

税理士というと、地味で真面目という印象しかなかった山北だが、丸太を見てイメージが変わった。丸太は成金の中小企業経営者といったほうがイメージに近い。管理人や恵子の証言通り、小柄だががっしりした体格の持ち主で、髪に白いものが混じっていた。

来意を知ると、丸太はあから様に嫌な顔をして見せた。

「あんなの遊びですよ。決まってるじゃないですか」

恵子が言っていた嫌がらせについて話が及ぶと、丸太はふんと鼻を鳴らして顔を横に向けた。

「三月三十日の午後四時以降はどちらにいらっしゃいましたか」

その後の調べで、死体が発見される二日前の午後四時頃、春子がマンションに戻ったのを目撃しているマンションの住人が現れた。また、当日春子が出勤してこないので、勤め先から彼女の自宅へ電話を掛けたのが午後八時。そのときには呼び出し音ばかりで誰も出なかった。春子は出かけるときにはいつも電話を留守録にしていたといい、結局、午後四時以降に殺されていた可能性が高い。その見方は検屍《けんし》の結果とも一致する。

「その日から二日間、取引先の税務調査で福島まで出張していましたよ。もし疑われるのならどうぞ調べてください。これが取引先の連絡先です。ただし、私が殺人事件の容疑者だなんて相手に言わないでくださいよ。そんなことされたら信用丸潰れだ」

丸太はテーブルのメモ用紙に会社名と電話番号を記入したものを山北に寄こした。会社が実在しているかどうかは、調べればすぐにわかる。

「税務調査が終ったのは何時ですか」

「だいたい五時ごろですかね。その後、取引先の社長と食事に行って、結局、ホテルに戻ったのは深夜近かったですな」

当日宿泊したというホテルの名前と電話番号を聞くと、丸太は書類入れからチェックアウト時の精算表を持ってきた。感じのいい男ではないが、嘘を言っているとは思えなかった。それは男の態度を見ればわかる。それに、山北が描いている犯人像とも少し違った。もっと粘着質で、暗いタイプの男を山北は想像していた。丸太は傲慢《ごうまん》で鼻持ちならない性格だが、関係を断られたぐらいで激高し、欲情を満たすために殺してしまうほど馬鹿ではない。

丸太は、取引先と食事をした店の名前も覚えていた。福島へ行くとたいてい顔を出す馴染みの店なのだという。勘定は相手の社長が払ったが、顔と名前ぐらいは店の女将も知っているはずだと付け加えた。

一応、話の裏を取る必要はあるが、おそらくシロだ。

次に山北が訪ねたのは、定岡春子と交際していた根本健一という男だった。この男の名前と住所は、春子の住所録からすぐに知れた。

根本は、地下鉄赤坂駅に近いホテルのバーに勤めるバーテンだ。開店前ということもあってジーパンに白いTシャツというラフな格好をしたその男は、春子の訃報《ふほう》に、吸いかけたタバコを床に落としそうになるほど驚いた。

「なんでまた」

絶句した。見てくれがいいわけでも、金回りがいいわけでもない。人の顔色を常に窺《うかが》っている、雇われ根性の染みついた男だ。山北は犯行当日のアリバイを聞いた。

「その日は午後から深夜までここにいました。店の人間に聞いてもらえばわかりますよ」

根本は黒で統一された店内の壁際にあるカウンターの向こう側を指した。そこに人影は無かったが、両端に裏の厨房への入り口があって、そこから明かりが洩《も》れている。氷でも砕いているのか、アイスピックを振るう小刻みで規則的な音が聞こえていた。

「定岡春子さんとは、どこで知り合ったんですか」

開店時間が迫っているのだろう。話しているうちに照明が落ち、店内が暗くなった。スツールにかけ、背の高いガラステーブルを挟んで根本と対峙《たいじ》している。

「三年ぐらい前に彼女が偶然、この店に来たんです。カウンターに座って、少し話をしてたら、新潟出身だというんで」

「交際していた？」

「ええ」

「どれくらい」

「二年。いや、一年半ぐらいかな。後の半年はだんだん冷めていったから」

「あなたがかい」

根本は首を横にふった。

「彼女が。前勤めてた店で嫌なことがあったみたいで、性格変わってっちゃったんですよね」

山北は興味を抱いた。「性格が変わった？」

「自分を守ろうとする意識ばっかり強くなって、すごい自己防衛の強い女になっちゃったんですよ」

「最後に定岡さんと連絡をとったのはいつですか」

「三ヵ月ぐらい前だと思います。こっちから電話して、食事でもって誘ったんだけど断られました。疲れてるからって」

「彼女はあなたと別れてから誰かと付き合ってたのかな」

「聞いたんだけど、あんたには関係ないでしょって。それっきり」

「彼女のマンションに行ったことはあるかい」

「円山町の？　いいえ。彼女があそこに引っ越したときにはもう冷めてたから」

「あなたはいま、独身？　恋人とかはいる？」

困った様子で根本は笑いを浮かべた。「恋人ってほどじゃないけど」

「定岡春子さんというのは、身持ちはどうだったんだろう。こんなことあなたに聞くのは申し訳ないんだけど、男関係は派手なほうだったんだろうか」

「そんなことはないですよ。彼女、あんな商売してても結構、しっかりしてたから。自分の店を持ちたいって言ってました。そのために一千万円貯めるんだって」

「で、実際にいくらぐらい、お金、持ってたんだろう」

「さあ、そんなこと聞いたことがないから」

痩《や》せた男は首を傾げたが、山北は知っていた。彼女の定期預金通帳の残高は七百万円近くあった。銀行に確認したが引き下ろされてはいない。

「お邪魔したね」

山北は手帳を閉じて、座り慣れないスツールを降りかけて思い出した。

「もう一つ。定岡春子さんの趣味ってなんだろう」

根本は青いフットライトが点灯した床の辺りに視線を落とした。

「趣味？」

「なんですかねえ。彼女、何が趣味だったんだろう」

呟いたきり、答えは返ってこなかった。

根本のアリバイを確かめて署に戻りながら、山北は定岡春子という女の一生をつい考えさせられた。右も左もわからない東京に出てきたのが二十歳の頃。その後さんざん嫌な目にあって、変わっていった女。趣味もなく、金を貯めて自分の店を持つことだけが目標になっていた女。

夜の捜査会議でその日の成果を発表しながら、山北は、事件が予想外に難しいものになったことに気づいていた。犯人は春子につれなくされたボーイフレンドか客で、すぐに解決できるだろうとタカをくくっていたのだが、予想は見事に外れた。

　行きずりの犯行ではないか、という見方が捜査本部内でも強まっていた。ひとり住まいで、しかも交友関係の狭い春子の周辺を洗うのは意外なほど簡単だったが、それだけ聞き込みをしても丸太や根本以上に怪しい人物は捜査線上に浮かんでこなかった。

事件解決の糸口もつかめないまま、一ヵ月が経過した。進展しない捜査に苛立ちと疲労が追い打ちをかける。

なにか手掛かりがあるはずだ。そう山北は自分にいい聞かせた。自分が挫《くじ》けそうになったとき、きまって定岡春子の死に顔を思い出した。瞼《まぶた》に焼き付いている苦悶の表情だ。山北はもちろん、生きている春子と話をしたことはない。彼女がどんな声で話し、どんな態度で人に接するのか、それはわからない。だが、傷つき、志半ばで非業の死を遂げたこの女性の意趣を晴らしてやれるのは俺しかいない、そう自分を奮《ふる》い立たせた。

事件を書き立てていたマスコミの論調も落ち着いてきた。暦が変わって五月に入る。肌に冷たかった風がうららかな南風になった頃、思いもしないかたちで事件は新たな展開を迎えたのだ。

5

ゴールデン・ウィークが明けて三日後の五月八日夜。斉木和美という渋谷区内のコンピュータ会社に勤めるOLが自宅の寝室で殺されているのが発見された。

一一〇番通報したのは、遊ぶ約束をしていた中村翔子という女友達だった。約束の時間になっても和美が現れなかったのでマンションに迎えに来て殺されているのを見つけた。

現場は、春子のマンションから歩いて十分もかからない高級マンションの一室。駆けつけた捜査員は、ベッドの死体と、電話を掛けたあと気を失ってリビングに倒れている翔子を発見した。

死体には暴行を受けた痕があり、やはり春子のケースと同じようにドアをこじ開けられた形跡がなかった。つまり、犯人は被害者の女性によって招き入れられたことになる。部屋にあがり、相手が油断した隙《すき》に襲いかかる手口は春子の事件とほとんど同じだった。翔子が来たときドアは開いていたといい、和美は寝室のベッドの上で暴行された後、首を絞められて殺されていたのである。

顔見知りの犯行を思わせるところなど、犯行の手口は定岡春子の事件と同じだった。違っていたのは、被害者が手首にひどい擦傷《すりきず》を負っていたこと、春子の死因が頭部への殴打であるのに対し、今度は首を絞められて殺されたことだ。手首の傷は、なにか固いもの――おそらくは手錠――で拘束されたためについたものと判明したが、手錠も凶器となった紐《ひも》も犯人によって持ち去られていた。明らかに計画的な犯行だった。

事件発生後の捜査会議では、定岡春子のケースを真似した別人による犯行ではないかという見方も出たが、その後の捜査で否定された。死体に遺された遺留物を鑑定した結果、同一人物のものと断定されたからだ。

もし同一犯であれば、春子と和美に共通する知人の犯行ということになる。二十五歳になる水商売の女と、二十一歳のＯＬ。年齢も仕事も異なる二人にどんな共通点があるのか、想像もつかない。

今度の事件で殺された若い女を見なくて済んだのは幸いだった。山北は春子の死に顔が忘れられなかった。いくらベテランの山北でも、こう立て続けに被害者の苦悶の表情を見せられては精神的に参ってしまう。

翌日、山北は中村翔子から事情を聞いた。リビングに倒れたとき頭を打ったために、彼女は広尾にある日赤医療センターに救急車で運ばれ、そこで一夜を過ごしていた。病室は六つのベッドが集められた大部屋で、訪ねたとき、彼女は入り口に一番近いベッドで雑誌を読んでいた。

殺された斉木和美と翔子は、同じ会社の同僚だった。

「和美、前の日に無断欠勤してたんです。遊ぶ約束してたから駅で待ってたんですけど来ないから、行ってみたんですよね。ちょっと心配なこともあったし」

　患者用のピンク色の服を着て横になっている翔子は、真夏の浜辺からやってきたかと思うほど黒く陽に灼けている。最近のＯＬのことだから、このゴールデン・ウィークに海外のビーチにでも行ったのかも知れない。あるいは日焼けサロンか。唇が白く見えるのは、ルージュのせいだ。日焼けした真っ黒な顔に白いルージュ。たしかにそんな顔をした若い女性なら渋谷には大勢たむろしている。

「心配なことというのは？」

「ストーカー」

　隣でメモをとっていた岡村の手が止まった。

「詳しく聞かせてください」

「半月ぐらい前から、自宅に無言電話が掛かり始めたんです。誕生日に花が届いて——四月二十日が和美の誕生日だったから——そのメッセージカードに写真が入ってたんです。彼女が渋谷の街を歩いてる写真でした。十枚ぐらいあったかな。休みの日に買い物に行ったのをずっとつけられて盗み撮りされてた」

「見たんですか、それを」

　山北は体をのり出した。

「会社に持ってきたから、彼女」

「いまもありますか。見せてほしいんですが」

「いいえ。みんなに見せた後、腹いせにシュレッダーで粉々にしちゃったから」

「じゃあ、どこの花屋か聞いてませんか」

「夜、インターホンが鳴って、花屋ですけど下に置いておきますって。降りてみたら、そこにあったっていってました。一抱えぐらいの白バラ。花屋だったら置き去りにするわけないし、ストーカーがどこかで花を買って、それを自分で届けたんですよ」

　斉木和美が住んでいたマンションにも玄関にセキュリティ・システムがあって外部からの侵入を防ぐようになっている。このとき、犯人はそのシステムの内側に入ることができなかったということだ。しかし、犯行当日は、まんまと彼女の部屋にまで上がり込んでいる。彼女は自分を狙っているストーカーを部屋に上げてしまったのだ。これは何を意味するのか。それにしても――。

「白バラ、か」山北は呟く。

「なんで白バラか彼女、考えたんです。それで花言葉じゃないかって思いついて」

「なんだったんです？」

　翔子はベッドのなかでぶるっと体を震わせた。

「――私はあなたにふさわしい」

「そんな花言葉があるんですか」

山北は花など買ったこともなければじっくり眺めたこともない。無論、花言葉など全くといっていいほど、知らない。

「そのころ、会社から帰るときに誰かにつけられたりしたこともあったみたいで、神経質になってたんですよね。彼女、とっても怖がってて警察に被害届出そうか迷ってた」

「なぜ、届け出てくれなかったんです」

そうすれば死ななくても済んだかもしれないのに。山北は悔しさを噛みしめた。

「いろいろ男関係とか聞かれるのが嫌だったんだと思う。派手だったから、彼女」

「派手って?」

翔子は言いにくそうに声を潜めた。

「まあ、なんていうか、遊び好きだったし。詮索《せんさく》されるの好きじゃなかったから」

「どんな遊びをしてたの」

「クラブ遊びとか」

聞けば、どうやらディスコのようなものらしい。埼玉県内で手広く不動産業を展開している裕福な家庭に育った斉木和美は、短大入学と同時に東京でひとり暮らしを始めていた。今の会社へ事務職として入社したが、給料だけでは足りず、親から月に三十万円近い仕送りをもらっていたという。

「男関係も派手だったのかな」

「まあね。クラブで男を見つけるの。二人で行くけど帰りは別々で」

「君も相手を見つけるわけ」

「いいのがいれば。でも和美はそういうの好きだったから、たいてい誰かと一緒に店、出てた」

そういうの、の意味はあえて聞かなかった。

「その後、どうするの。店、出た後だけど」

「ホテル」

山北は内心の驚きが表情に出ないように抑えた。相手は別な種類の生き物だ。

「斉木さんは、一緒に遊んだ男を自分のマンションに連れ込んだりはしなかった？」

「しないよ。だって怖いじゃん。変なのにつきまとわれたらさ。そのへんのこと和美わかってたよ。だからそんなことしないし、私にもするなって言ってた」

「そこで関係のできた男のひとりがストーカーだったかもしれないね」

「違うわよ。だって、自宅の電話番号とか誕生日とか、知るわけないもん」

「斉木さんは具体的に誰が怪しい、ということは口にしていませんでした？」

「会社のひと。だからわざわざ写真を持ってきて、みんなの前で捨てたのよ」

違う。もし同僚を疑っているのなら、わざわざ自分の部屋に上げたりはしない。

6

「犯人は定岡春子を殺したことで目覚めたのかも知れんな」

ステアリングを握っている岡村に山北は言った。

潜在的に犯罪者の素質を持つものが何かのきっかけで、一線を越える。この事件の犯人にとってそれが定岡春子だったのではないか。そう考えると、衝動的だった春子の事件にくらべ、今回が計画的なものになった説明がつく。

男が春子と部屋で会っている。どんな用事でそこに現れ、どんな話をしていたのか、それは山北にはわからない。男は春子を犯し、征服したい衝動に駆られる。最初、我慢していた。だが、何かの拍子で抑制が解き放たれたとき、犯罪が起こった。男はその快感を忘れられなくなった。そして、暴走を始めたのだ。次の標的を物色し、執拗《しつよう》につきまとい、そして殺す――。

「犯人はどこで斉木和美と会ったんでしょうね。やはり行きずりですかね」

「偶然、街で見かけた、とかか？」

「どう思います、山さん」

「いい女がいる。やりたいと思う。女の後をつける。家にかえるのか、遊びにいくのか、仕事にいくのかさえわからない女だ。電車に乗る。次の駅で降りるか、終点まで行くか、それすらわからない。満員電車で息をひそめながら、女の降りた駅で降り、運良く女のマンションを突き止める。この手の犯罪にしちゃ、根気のいる仕事すぎないか」

「神泉《しんせん》駅で降りてくる女を狙ったのかもしれません」

たしかに、それは考えられる。被害者の最寄り駅は二人とも京王井の頭線神泉駅だった。

「でも、どうしてマンションにひとり住まいだとわかる。どうやって誕生日を調べる。電話番号はどうする。それに――」

最大の難問はここだ。「見ず知らずの男がどうやって彼女の部屋に入る？」

訪問販売のセールスマン、新聞の集金、宗教の募金集め。そのどれもが当てはまりそうにない。

岡村は黙考している。

答えは山北にもわからなかった。車は広尾から渋谷警察に近い、東一丁目の信号を通過したところだ。次の信号が赤になった。はっきりしない天気で、蒸し暑い。エアコンの送り出した冷たい風が山北の指先で燃えているタバコの煙を攪拌《かくはん》している。そのとき、岡村が呟いた。

「また、やりますかね」

恐れていた三番目の犯行は、それから二十日近くたった五月二十七日に起きた。ちょうど二週間前のことだ。被害者は二十歳の女子大生で、小山祐子という一人暮らしの女性だった。現場は松濤にあるマンションで、過去の二つの現場と近接している。犯行の手口は斉木和美の事件とほとんど同じだった。

マスコミは、ストーカーによる連続殺人事件についての報道を連日繰り返している。依然として手掛かりをつかめない捜査本部に対する批判も高まっていた。

特捜本部に百人以上の捜査員が投入され、顔見知りと行きずり、両面での捜査が進行中だ。新たな事件発生によって捜査方針が再確認され、三人の被害者のうち、山北は定岡春子の周辺捜査に当たることになった。

それから二度ばかり、税理士の丸太、そしてバーテンの根本にも会った。なにか手掛かりがないかという一念で春子について様々なことを聞いた。春子が働いていた店にも通った。同僚の女性たちにも話を聞き、会員になっている男性客にも聞き込みをして回った。

春子が殺されたマンションの部屋は今でも三日に一度は訪ねている。現場百遍。古い言葉だが、手掛かりがなくなると、基本に戻るしかない。その繰り返しだ。彼女の部屋は春子の遺族の協力でいまも犯行当時のまま保存されている。

「刑事さん、絶対、犯人を捕まえて下さい。お願いします」

先月、春子の足取りを追って新潟の実家を訪ねたとき、老いた母は流れる涙を拭おうともせず、驚くほどの力で山北の手を握りしめた。

「全力であたっていますから」

そう応ずるのがやっとだった。考えられる彼女の交友関係を丹念に探り、それでも手掛かりらしいものは一つもない。悔しさともどかしさの中で、なんとかそう言うのがやっとだった。自信は、揺らぎつつあった。だが、娘を失った母にそれを悟られることだけは絶対にしたくない。

一日の捜査終了後毎晩開かれる捜査会議では、様々な情報が照合され、それに基づいて捜査の方針が決定されている。

顔見知りの犯行であれば、その男は被害者の三人ともに面識があったことは間違いない。その共通点探しは焦点の一つになっていた。

フィットネスクラブ、宗教、旅行、趣味、料理などの専門学校、出身地。それを親や兄弟についても同じように調べた。いつも立ち寄る喫茶店。ブティック、好みの服。通信販売、免許の書き換え、過去のアルバイト歴、インターネットのフォーラム、電子メール——。

考えられるありとあらゆる項目について、三人の私生活が明らかにされていく。

三人が美人であるということ以外、共通点は見つからなかった。三人のなかで最も地味な生活をしているのは定岡春子で、趣味を持たない彼女の生活が山北にはどうにも不憫《ふびん》に思えてならなかった。

進展しない捜査に、焦燥感といらいらが募る。いつになったら犯人の手掛かりはつかめるのか。もう一つ気がかりなことは、犯行の間隔が狭まっていることだ。早く犯人を追いつめないと、また新たな被害者が出る可能性があった。疲労の極限、緊張を強いられる日々の連続。克郎の事故はそんななかで起きた。

7

定岡春子に似たポスターの笑顔に釘付けになっている自分を発見し、山北は慌てて視線を逸《そ》らした。唐突に、場違いな場所に立っている自分に狼狽《ろうばい》し、苛立つ。

「お父さん、克郎だって反省してるんだから、もういいじゃない」

克郎の事故から一週間が過ぎたころ、疲れ果てて帰宅した山北に妻の佳枝はそんなことを言った。深夜一時を過ぎるまで山北の帰宅を待っていた佳枝は、台所で冷めてしまったみそ汁を温めながら背中を向けている。

佳枝はここのところ不機嫌だ。事故のせいではない、と思う。何か山北に不満がありながら、それを言えないでいる。苦笑した。刑事としての勘は家庭でも健在か。

「新しいの買ったら」

山北は飲みかけていたビールを吹き出しそうになった。「バカいえ。買えるか、そんなもん。三ヵ月前に借りたばかりだぞ。しかもこんなときに」

警察の共済組合で借金したことは刑事部屋の誰もが知っている。借り入れそのものは車両保険を掛けていたおかげでほぼ全額返済したが、特捜にかり出されている最中に新たな借金だなんてとんでもない。

「どうせいつか買うんでしょ。だったら今買ったってどう変わるものでもないじゃないの」

もっともらしいことを言う。

「そんなに不便か、車の無い生活が」

「当たり前でしょ。買い物だって大変なんだから」

「自転車で行けばいい」

「雨が降ったらどうするの。もう梅雨よ」

山北の自宅は東武東上線沿いの新興住宅地にあった。もう十年も前に買った一戸建てだが、歩いて行ける距離に生活必需品を買い揃えられるスーパーが無い。

しかし、警察の共済組合ではもう借りられない。少なくとも、今は。

「銀行で借りればいいじゃないの」

山北の心を読んだか、佳枝が提案した。元婦警だけあって相手の心理を読むのには長けている。

「二都銀行の渋谷支店だったら私の口座がある」

「財テク」をしたいというので、随分前に、山北が作ってやった口座だ。そこで佳枝は、それほど多くはないが、余裕資金を運用していた。一度は冷めた「財テク」熱だったが、最近、銀行のサービスが向上し、預金の作成や解約、振り込みが電話でできるようになってからまた始めた。ポンドだかフランだか、そんな通貨の預金を作成したり解約したりということを繰り返しているはずだ。自宅近くには信用不安が囁かれている地方銀行の支店しかない。

「おまえの口座があっても関係ないじゃないか。借りるのは俺だろ」

「あら、何もないよりましだと思うけど」

佳枝はこともなげに言う。わかっていない。いまはそんなことをしている時期でもないし、気分でもない。

「俺は特捜にかり出されてるんだぞ」

特捜の意味は、もちろん元婦警なら重々承知だ。

「時間がないんだったら私がローンの相談に行って申込書を出してくる。銀行の審査が通ったら、あなた、最後に契約書だけサインして持って行ってよ。それならいいでしょ。十分もかからないと思うけど」

山北が反論の言葉を探している間に、佳枝はさっさと寝室へ消えた。

二都銀行のロビーに入ると、両側には何十台もの現金引出機が並んでいた。ローンの窓口は二階だ。それは妻の佳枝に聞いている。現金引出機の奥は預金や振り込みをするためのカウンターになっていた。二階へは、壁際のエスカレーターで上がるようになっている。

山北はそちらに向かって足早に歩き出したが、ふと佳枝から現金を下ろしてきて欲しいと言われていたのを思い出して足を止めた。

ずらりと並んだ現金引出機の前にはまばらに人が立っているだけで、順番待ちの整理用に張り巡らされたロープには一人も並んでいなかった。茶封筒から預金通帳とキャッシュカードを出し、案内に従って機械のスロットに挿入する。手帳を開いて、今朝出がけに教えられた四桁の暗証番号を入れた。

内蔵プリンターが印字する音が機械の内側でくぐもっている。長い。何ヵ月も通帳の記帳をしていなかったのだろう。カードだけで簡単に下ろせば良かった。そんなことを思いながら山北は機械を見下ろす。

そのとき、音が止まった。

——係員がまいります。

画面のメッセージに舌打ちした。出来るだけ早く署に戻りたいと思っているときに限って、故障だ。岡村の待ちくたびれた顔を思い浮かべた。

「どうも申し訳ございません」

しばらく待っていると制服を着た三十代半ばの女性が現れた。

「お引き出しの金額は五万円でしたね」

現金と通帳、それにカードをのせた臙脂《えんじ》のカルトンが差し出された。「お待たせして申し訳ありませんでした」

現金の上に機械が印字した小さな伝票がのっている。引き出した後の預金残高はほとんどゼロに近い。謝る相手に、山北はかえって恐縮した。

噴き出してきた汗を拭いながらエスカレーターで二階へ上がる。

教えられたローンカウンターは空席になっていた。戸惑っていると、声がかかった。

「いらっしゃいませ」

奥にいた男が山北に軽く頭を下げた。がっしりした体つきの三十過ぎの男だ。自分のデスクを離れ、山北のところへやってくると椅子を勧める。山北は妻から預かった名刺を取り出した。

「契約書の調印に来たんですが。藤田さんという方はいらっしゃいますか」

「あいにく、藤田は昨日から研修に出ておりまして。もしよろしければ私が代わりに承りますが」

男は名刺を出した。

二都銀行渋谷支店融資課課長代理　伊木遥《いぎはるか》。

山北が名刺を渡すと、伊木は、ああ大変ですね、といった。渋谷警察署に事件の特別捜査本部が設置されていることは、いまや誰でも知っている。

山北は、早速、妻から預かってきたローン契約書をカウンターに広げた。二枚複写になった横長の用紙で、二枚目は「控え」。伊木は、研修中の藤田にかわってその契約書の内容を点検し、それからカウンターの下にあるキャビネから青いファイルを抜いた。

表紙に、山北の名前が記されている。開くと、なかに「ご相談メモ」や佳枝が書いた申込書やらが挟まっているのが見えた。伊木は手際よく、その申込書の内容と契約書の内容を見比べ、間違っていないことを確認する。

「車の購入資金。金額は百五十万円、返済期間二年、レートは固定で九パーセント。これでよろしいですか。——印鑑をお願いします」

忘れるところだった。山北は鞄の底に転がっているはずの印鑑を探した。捜査の資料が入っていて、なかなか見つからない。

「おかしいな、持ってきたはずなんだが」

山北が鞄をひっくり返している間、伊木はおそらく彼の部下だろうローン担当者が書いた書類やコンピュータから打ち出した用紙を眺めていた。

「奥さん、先週、お誕生日だったんですね」

その言葉に、山北は探す手を止め、思わず伊木を見返していた。

ここのところ佳枝が不機嫌だった理由を、いま漸《よう》く理解できた気がした。それにしてもなぜわかったのだ。

「登録にそうなってますから」

疑問を察して、伊木はコンピュータから打ち出された用紙を山北に見せた。山北佳枝という名前の横に、生年月日欄がある。

昭和二十八年六月三日――。

「これは？」

「顧客属性といいまして、新規口座を作成したときに登録した内容です」

鞄に突っ込んでいた山北の指が印鑑を探り当てたが、いま彼は別のことを考えていた。斉木和美に送られた誕生日の白バラ――。ストーカーがどうやって和美の誕生日を知り得たのか、まだ謎のままになっている。

「ちょっと見せてもらえますか」

山北の表情が急に真剣になったので、伊木は怪訝な顔をした。

「何か、捜査の参考になることでもありますか」

「ええ、ちょっと」

用紙の上のほうには名前と誕生日のほか、住所や電話番号が打ち出されていた。その下は日付と金額の羅列。その並んでいる数字を指さして、訊ねた。

「これはなんです」

「口座の異動明細です。いつ、いくら入金し、引き出したか、という記録ですが……」

伊木は、思考を巡らせている山北を見つめている。

事件の被害者は全員、ひとり住まいだった。

街で見かけた女性の自宅を突き止めるだけでなく、彼女たちがひとり住まいであることをどうやって知ったのか。とくに三番目の被害者など、わざと男性用のボクサーショーツを洗濯物と一緒に干していた。顧客情報でそういうことなどわからないか。

「わかりますよ」

きくと、あっさり伊木はいった。

「どうやって？」

反射的に聞き返した山北を伊木は手で制するような仕草をすると、キャビネのなかから別のファイルを何冊か取り出した。他のローン客のものだろう。なかの書類を確認していた伊木は、そのうちの一冊を選んで山北の前にひろげた。同じくコンピュータで印字された用紙だ。

「本当はこういうものを外部の方にお見せするわけにはいかないんですが、刑事さんですし、もし捜査に協力できるのでしたら」

そう断って、伊木は続ける。

「ほら、この方の二十五日の明細を見て下さい。十五万円が引き落とされていますよね。摘要欄を見ると――」

山北の視線が釘付けになった――東亜不動産。

「家賃か」

伊木は続けた。

「ひとり住まいの方でしたら、自分の口座から家賃を引き落としています。女性の場合はとくに。結婚すると、たいていはご主人の口座から支払われますから、そうはなりません。それだけじゃありません。電気、ガス、水道、NHKの受信料が口座から引き落とされていればまず一人暮らしと考えて間違いありません。この方は、あまり自宅でじっとされてる方ではないようですね」

啞然となった。

「なんでわかるんです」

「水道代が引き落としになっていますが、ほとんど基本料金に近い。一般家庭なら一万円前後にはなります」

これは刑事という仕事に熱中する余り、家庭を顧《かえり》みなかった罰か。山北は自分がいくら水道代を払っているかなど、全く見当もつかない。伊木の左手の指に結婚リングが光っていた。まだ新しい。だから生活の変化にも関心があるのかも知れない。自分の指に食い込んだ傷だらけのリングに目を落とした。歳をとったものだ。

「それにこの人は結構金遣いが荒い。毎月クレジットカードの決済が十万円近くになっています。給料は毎月二十五万円ですが、家賃とカード決済だけですべて飛んでます。足りない分は、これですね」

もう一枚の用紙をとって、山北に見せた。

「口座の種類と残高の明細ですが、ここにマイナスの金額があるでしょう。これはカードローンの残高なんです。いま八十万円借りてる。その上、車のローンをこうして申し込んできた。多重債務者への道をひた走ってますね、この人」

言葉が出ないでいると、伊木が続けた。「銀行の顧客情報ならこのくらいのことは簡単に分かりますよ。金の動きを見ればその人の生活はおおよそ見当がつくんです」

共通点。再びそのことが山北の胸に浮かんだ。もちろん、被害者の取引銀行はどこだったろうか。

山北は心臓の鼓動が速まるのを感じた。被害者の銀行口座はすでに捜査済みだ。だが、その内容は不自然な金の引き出しや預金残高に集中していた。むろん、いま伊木が話したような観点は捜査員には欠落している。それはつまり——

「銀行員、か」

呟きが洩れた。伊木は黙って山北を見つめている。山北は平静を装おうとした。

「しかし、こういうことはローンを申し込んだから、わかる話でしょう」

「そんなことないです。振り込みは？　窓口で手続きすれば名前と住所ぐらいは——」

「ちょっと電話してきます」

伊木の言葉を遮って山北はいい、ロビーの片隅にある公衆電話に走った。同じ防犯課の刑事の濁声《だみごえ》が出た。

「山北ですが、岡村、お願いします」

待つ間のほんの数秒が長く感じられる。

「山さん、遅いですよ。さっきからなにうだうだしてるって、課長に睨まれてんですから。いまどこですか」

銀行だと言うと、岡村は呻《うめ》いた。

「被害者がどこの銀行と取り引きしてたか知りたいんだが、わかるか」

「はいはい、ちょっと待って下さいよ」

肩でも竦《すく》めて見せたに違いない。嘆息の後、電話の向こうで資料をひっくり返している音が続いた。

「ありました。ええ、定岡春子は生活費口座が新潟第四銀行本店、定期預金は二都銀行新宿支店。斉木和美と小山祐子は東京シティ銀行ですが、斉木が渋谷支店、小山が青山支店です。山さん、事件に関係あることなら私もそっちに行きますよ」

山北は居場所を教えて、カウンターに戻った。期待していた同じ銀行ではなかった。もちろん、同じ銀行と付き合っていれば、それが共通点としてすでに注目されていたはずだった。

「他の銀行と取り引きしていても、こういう明細は入手できるんですか」

落胆を隠せず、山北は聞いてみた。具体的な銀行名も添える。

「他行は、駄目ですね。自分の銀行だけです」

駄目か。二人の被害者については、同一銀行だが支店が違う。

「支店が違うだけでしたら、明細を呼び出すのは簡単です。オンラインでつながってますから」

なるほど。だが、いずれにしても三人を結びつける共通点とは言えない。

もういい。そんなに簡単に見つかるなら、苦労はしない。単なる思いつきに期待した自分が馬鹿だった。

「どこに押せばいいんです」

山北は鞄から印鑑を取り出して、押捺個所を探した。返事がない。見上げると、今度は伊木が考え込んでいた。

「もういいよ、伊木さん」

契約書の書面を眺め、山北は名前の横に捺印した。念のために契約書の余白に捨て印を押しておいた。誤記や内容の誤りでまた呼びつけられてはたまらない。そのための処置だ。

「山北さん、いまの話、渋谷で起きている連続殺人と関係あることですか。であればひとつ質問があるんですが」

この事件にかなり興味を抱いていたのだと伊木は言った。面白半分の顔ではない。

「なんですか。捜査上のこととなると、答えられるかわからないけどね」

「新潟第四銀行本店と取り引きされてる方ですが、給料もそこに振り込まれてたんですか」

伊木は妙なことを聞いた。

「どういうことです？」

「だとすると、どこで現金を引き出してたのかなと思って」

山北は動かしていた指を止めた。確かにその通りだ。

「新潟までわざわざ下ろしに行くわけはない。すると、この辺りの他の銀行から引き出してたんじゃないですか。銀行同士はいまオンラインで提携してますから、他行でも引き出しはできます。手数料は取られますが」

山北の頭が再び回転し始めた。ローンどころではなくなりつつあった。伊木は続ける。

「それに東京シティ銀行の青山支店の方ですが、確かマンションは松濤にあったと新聞に書いてありました。短大は青山でしたっけ。でも、帰り道を考えると、東京シティ銀行の青山支店より、渋谷支店のほうが便利がいいはずなんです。あそこの青山支店は赤坂寄りにあって、地下鉄の駅を通り過ぎて歩かないといけないから」

岡村が息せき切ってエスカレーターを駆け上がってきた。山北は岡村に隣の席を指さし、伊木の話を検討した。

伊木は、穏やかに言った。

「これが事件に役立つかどうかわかりませんが、三人の共通点は、東京シティ銀行渋谷支店で現金を引き出していたということじゃないですか」

8

はっと山北は顔を上げた。岡村がわけが分からないという顔で二人を見ている。

「店頭で引き出したということかね」

「違います。いま、現金の引き出しだけで店頭に来る人はいませんよ。それに他行の口座は窓口では扱えませんから。キャッシュコーナー、だと思います」

「キャッシュコーナーか」

ずらりと並んだ二都銀行の現金引出機を山北は思い浮かべた。そこに秘密があるのか。

「ご覧になりますか。キャッシュコーナーを」

いきなり伊木が言った。

「それなら、さっき見てきたところです」

伊木はいいえと、首を横に振った。

「私が言っているのは、裏側のことですよ。現金引出機は壁に並んでいるでしょう。その壁の向こう側です」

「見ていただけるのなら、参考のためにぜひ」

伊木は立って、フロアの奥の席で年輩の行員と言葉を交わした。支店長だろうか。穏やかな表情をした知的な男が伊木の言葉に耳を傾けながらこちらを見ている。

「どうぞ」

上役の許可を得て、伊木はカウンター脇にある扉を開けて山北と岡村の二人を中に入れた。

思いがけないことになった。行員用の裏階段を降り、一階の営業室へ降りる。キャッシュコーナーの管理用の出入り口はフロアの端に位置していた。伊木は、近くにいた女性に事情を説明し、なかに案内してくれる。見覚えのある顔だった。

「彼女が当店のキャッシュコーナーを担当しているんです。たいてい、どこの銀行の支店でも担当者が決まっていて、機械のメンテナンスと顧客対応をしています」

ドアを開けた瞬間、何十台もの機械が上げる唸《うな》りが身近に迫ってきた。伊木が明かりをつけると、幅二メートルほどのやけに細長い部屋が現れた。右側に四角い機械がずらりと並んでいる。現金引出機の背中の部分だ。伊木は中央付近まで歩き、そこで立ち止まった。

左が物置になっており、そこに小さな画面のモニタがちらちらとした映像を映している。伊木はそれを覗き込んでいた。見えているのは、キャッシュコーナーの客だ。おそらく、外部の防犯カメラからの直接映像だろう。

伊木はシャツのポケットからプラスチックのカードを出し、並んでいる機械の一台を選んでその背面にあるスロットに通した。キャッシュカードかと思ったが、行員の認識カードのようだ。

扉が開く。

「モニタで確認したところこの機械にはお客さんがいませんでしたから、止めます」

上部についているツマミを下へ倒した。それから一番下のレバーを下げ、おもむろに引く。複雑な機械内部の構造が山北の眼前に現れた。

「ここにジャーナルがあるでしょう」

伊木は機械の先端部分についている丸いロール紙を指さした。

「現金引出機を利用するとキャッシュカードに記録された番号や口座名がここに残るんです。わかりますか」

わかる。山北は疑問を呈した。

「でもそれは、こうして機械を止めて初めて確認できることじゃないのかね。こんなふうにロールに巻かれてしまったら、どれが狙った女性の口座番号かわからない」

伊木は機械を元通りに戻すと、リセットボタンを押した。機械が再び動き出す音がし始める。その様子を岡村が食い入るように見ていた。

「止めればいいんです。客は単に機械のエラーだと思うでしょう。利用されている途中で動かなくなったこと、ありませんか」

ない、と言おうとして、言葉を呑み込んだ。いや――ある。

山北は、想像を巡らせた。

男がいる。そいつは、この機械の音だけが響きわたる部屋のなかでちっぽけなモニタを眺めて、女を探している。そして、気に入った女が現金を引き出すために機械を操作し始めると、手を伸ばしてその機械を裏で止める。

――どうも申し訳ございません。

さきほど山北自身が聞いた言葉が胸に蘇った。犯人はどんな口調でそれを言ったのだろう。

「でも、伊木さん、あなたさっき、他行の口座は明細が取れないっていったでしょう。定岡春子の場合は、新潟の銀行に口座を持っていたんですよ」

山北は、疑問を口にした。

「この機械の動きには、操作の開始から現金の払い出しまで何段階かの手順があるんです。ある手順まで行くと、オンラインで他行のホスト・コンピュータとつながって利用者の口座から指定した金額を引き落とします。もし、その手順の前にエラーが起きたのに、現金を払ってしまったらどうなります」

「つまり、その銀行は本来払うべきでない金を払ってしまったと」

伊木は頷《うなず》いた。

「そうです。銀行員も人間ですから、勘違いすることはあります。でも、返してもらわないと銀行が損をすることになる。しかも、往々にしてミスは後になって気づくものです。でも相手が他行の場合は守秘義務もあって、連絡がつかなくなる恐れがある。エラーで対応した相手がそれであれば、電話番号ぐらいは本人に聞いて控えておくでしょう。あるいは、最初からもっと別な動機があって聞いたのかも知れません。私はむしろそちらだと思いますけどね」

それが——きっかけか。

犯人は夜、定岡春子を訪ね、現金を返してくれるように頼んだかも知れない。相手は銀行員。金のことで、複雑な経緯となれば中に通すだろう。ところが、定岡春子は金にはうるさい性格だった。交渉するうち、雲行きが怪しくなった。口論になったのかも知れない。何れにせよ、犯人の抑制された性的嗜好《しこう》を解き放つ結果となったのだ。

キャッシュコーナーの来店客のなかから気に入った女性に目を付ける。狙った女性が現金引出機を利用しているときにエラーを起こして止める。口座番号を控え、名前と住所、電話番号や誕生日を調べ上げ、斉木和美にしたようにつきまとう。このストーカーは、預金口座の異動明細を楽しむ。いくら水道料金を使い、どのくらいクレジットカードを決済するのか。いくら給料をもらい、今月はいくら残ったか。フィットネスクラブの会費がいくらで、どこに通っているのか。そんなことを調べ、彼女の生活を監視しているのだ。

何も知らない被害者の女性は、現金を下ろすためにちょくちょく銀行を訪れていたに違いない。

なんどか犯人と顔を合わせ、あるいはモニタから微笑みかけられる。

問題は殺すタイミングだ。最大のクライマックス。犯人は狙った女性が銀行に来るのを待っている。現金引出機を利用するのを待っているのだ。彼女が来るとそそくさとキャッシュコーナーの裏へ走り、ちらつく画面のモニタで彼女の仕草を確認する。そして、また意図的にエラーを起こす。

夜、彼女のマンションへ出向いた犯人には、訪ねるだけの理由がある。昼間のエラーの件だと言えばいいのだ。相手は銀行員。手渡した現金が違っていたといえば、気を緩める十分な理由になる。書類に印鑑が必要だと言ったのかも知れない。リビングまで行き着くためのどんな嘘を犯人は用意していたのだろう。そして、油断した相手に襲いかかり、最後の仕上げにとりかかるのだ。

「キャッシュコーナーでエラーが起きても、それは銀行のコンピュータにも預金通帳にも、どこにも記録されません。ただ、エラーを経験した本人と、対応した銀行員だけが知りうる問題なんです。しかも、キャッシュコーナーを利用したことを示すのは、機械から出てくる伝票だけです」

伝票。そうか。定岡春子のハンドバッグが開けられた理由に、山北は思い当たった。犯人は、春子が持っていた引き出し伝票を盗ったのではないか。それが唯一、春子と犯人を結びつける手掛かりだったからだ。

「山北さん、さっきの件、明日です」

細長い部屋から出て、伊木は言うと、ロビーに通ずるドアを二人のために開けた。明日、ローンの金が振り込まれるという意味だろう。ベテランの銀行員らしく岡村に内容を知られないよう、配慮した言い方だった。

捜査本部に戻った山北は、三人の被害者の遺留品から銀行の預金通帳を集めた。現金の引き出しをするためにどこの銀行の支店を利用しているのか調べるためだ。通帳には引き出された現金の額と、引き出した場所を示す記号がついている。岡村と二人でそれぞれの銀行に電話をかけ、記号が示す場所を特定した。

今まであれほど悩んでいたのが信じられないくらい、結果は簡単に出た。被害者の共通点を見つけたのだ。

「行くぞ。東京シティ銀行の渋谷支店だ」

山北は席を立つと渋谷警察署を飛び出した。雨の中、慌てて岡村が後を追う。二都銀行渋谷支店のある通りから井の頭線のガードをくぐると、渋谷駅前のスクランブル交差点を渡った。傘をさす人混みのなかを斜めに突っ切って、山北は東京シティ銀行渋谷支店を目指した。

キャッシュコーナーは入り口をくぐってすぐのところにある。同じ都市銀行だが、二都銀行の支店よりも狭い。そのせいか、機械の台数も少なく、客が二、三人並んでいた。山北はその後ろに立った。岡村が戸惑いを隠せない表情で背中につく。すぐに山北の順番が巡ってきた。

山北は、佳枝のカードを入れ、残高照会のボタンを押した。暗証番号を入力して待つ。

数百円の残高が画面に表示され、カードが出てきた。それを取らなかった。入れたままにしたのだ。

「山さん、何をしでかそうっていうんです？」

「見てみようじゃないか、どんな奴が出てくるか。俺はこの目で確かめたいんだ」

三十秒近く待っただろうか。現金引出機の表示が変わった。エラー。

キャッシュコーナーの脇にある鉄扉《てっぴ》の内側で鍵を差し込む音がした。振り向くと、四十歳前の風采の上がらぬ男がなかから出てくるところだった。暗い表情の、伏し目がちな男だ。

「申し訳ありません」

山北と現金引出機の間に割って入ると、スロットに挿入されたままのカードを引き抜いた。「カード取らないと、タイムアウトになるんで」

「それは申し訳ない」

山北は詫びた。

「ところで、あなた。定岡春子さんという女性をご存じですね」

ぴたりと男の動きが止まった。

山北の見ている前で、男の横顔から表情が抜け落ちていった。

9

三ヵ月以上続いた深夜の帰宅が終わり、月がかわって七月になった。そろそろ梅雨が明ける。

山北はまだ明るさの残る時間に東武東上線に揺られていた。

最寄り駅につくと、珍しく花屋が出ていた。いや、正確には珍しいかどうかわからない。こんな時間に家に帰ることなどめったにないから。

山北はその前で足を止めた。

「いらっしゃいませ」

花に囲まれて店番をしていた若い女性が声を掛ける。花の名前を山北はあまり知らない。

「贈りものですか？」

返答に窮《きゆう》した。買おうかどうかまだ決めていない。

「奥さん？」

「ええまあ」

買わなければならない、そんな気分になってきた。花を買うのに照れてどうすると思いながら、山北はハンカチで額の汗を拭く。

「これなんて、どうですか」

花屋の女の子が指したのは、山北も知っている花だった。白バラだ。

──私はあなたにふさわしい。

考えてしまった。山北には自信がない。

「適当に、見繕ってもらえませんか」

「お祝い？」

「ああ、誕生日の」

店員が包んだ花にリボンを掛けているのを待っていると、背後でクラクションが鳴った。白い新車の中で佳枝が手を振っていた。山北ははにかみながら手を振り返すと、出来上がったばかりの花束を腕にゆっくりと歩き出した。

解説

村上貴史（文芸評論家）

池井戸潤は、一九九八年に『果つる底なき』で江戸川乱歩賞を受賞してデビューした。本書『銀行狐』は、彼にとって初めての短篇集であり、二〇〇一年に刊行された。本書には受賞の年に発表された初短篇「ローンカウンター」も収録されており、池井戸潤という作家を知る上で重要な一冊である。

二〇二〇年時点では、池井戸潤を人気TVドラマの原作を書いた作家として捉えている読者も少なくなかろう。二〇一九年には、ラグビーワールドカップが爆発的人気を獲得する直前に、企業ラグビーを題材とした小説『ノーサイド・ゲーム』を発表し、それを原作とするTVドラマも人気を博したことは記憶に新しいし、二〇二〇年にはあの『半沢直樹』の続篇TVドラマも予定されているので、そうした印象は、一層強まるかもしれない。つまりは、企業を舞台に、人々の熱い心を描くエンターテインメント作家という認識である。

だが、本書が刊行された二〇〇一年当時は、〝元銀行員が銀行を舞台としたミステリで江戸川乱歩賞を受賞した〟という『果つる底なき』の印象が、つまりは〝銀行ミステリ〟の書き手という印象が色濃かったのだ。実のところ乱歩賞受賞第一作の『M1』（二〇〇

○年、文庫化に際して『架空通貨』と改題）は『果つる底なき』とは全く異なり、地方経済そのものに着目した斬新なミステリだったのだが、小説として三冊目の著書となるこの『銀行狐』に関していうならば、たしかに銀行ミステリであった。

さっそくその収録作を紹介していこう。発表順ではなく、収録順に。

第一話「金庫室の死体」では、二頁目で早くも死体が提示される。銀行の金庫室に置かれた一斗缶の中に老婆の頭部がおさめられていたのだ。最近の池井戸潤らしからぬ幕開けである。ちなみに視点人物は、警視庁捜査一課の古参であり、捜査を主導する立場にある小松与一だ。つまり、警察が変死事件の謎を解くという短篇で、紛う方なきミステリなのである。小松たちの捜査が進むにつれ、事件の闇が深さを増していく様を愉《たの》しむことができるし、犯人の意外性も味わえる。さらに特筆すべきは、動機の生々しさだ。それを知った若い刑事の最後の一言も心に刺さる。よい小説である。

第二話「現金その場かぎり」は、またタイプの異なるミステリだ。いってみればある種の密室ものという一作で、銀行という衆人環視の環境において、札束が繰り返し消失する事件を描いている。舞台をしっかり活かした短篇であり、現金が消えた際の銀行内部の動きそのものを、まずは興味深く読ませる。そのうえで、銀行ならではの内部調査の描写でも愉しませてくれるし、その調査が行員の心の何かを壊す怖さも感じさせてくれる。さらに、この舞台を活かしたトリックを堪能させてくれたりもする。素敵なミステリなのだ。

第三話は「口座相違」。顧客の口座を間違えてしまうという専門用語をタイトルとした一篇で、橋本商事宛の振込みを、誤って橋本商会に振り込んでしまうというミスが描かれている。口座相違は、銀行の業績考課において大きなマイナス評価となる重大なミスだ。本作では、そのミスを契機として、〝会社が一つ、所在不明になった〟という奇妙な状況が発覚し、その謎を銀行員が追うことになる。終盤のどんでん返しはミステリとして鮮やかだし、銀行員や銀行という組織の驕りと誇りもたっぷりと味わえる。

第四話「銀行狐」は、銀行を相手とする脅迫事件を描く。〝狐〟を名乗る脅迫犯は、二通の脅迫状を送りつけるだけでなく、密室状況にある銀行の地下駐車場の一角で発火事件を起こしてみせた……。という具合に始まるこの短篇で、池井戸潤は、早々に発火のトリックを明かしてしまう。上質なトリックなのだが、池井戸潤はそれに拘泥《こうでい》することなく、アイディアを出し惜しみせずにこの濃密な短篇ミステリを仕上げたのである。銀行と銀行員、銀行と顧客といった関係性を掘り下げていて、ページ数以上のずっしりとした読み応えを堪能できる。ちなみに、この作品の主人公である指宿修平は、『銀行総務特命』（二〇〇二年）の主人公でもあることを付記しておこう。

最終話「ローンカウンター」は、連続する婦女暴行殺人の謎を追う一作。警察は、被害者のつながりを見出そうとするのだが、難航する。ミステリでいうところのミッシングリンクものの魅力をたっぷり味わえるのだが、池井戸潤はそれをひとひねりして提供してくれている。刑事を視点人物として警察の組織捜査を描く短篇でありつつも、ある人物――警察官ではない――が、その業種でのプロの着眼点でリンクを見出すのだ。しかもプロの分析力で犯人となり得る人物像を特定していく。その発想と警察の捜査力が組み合わさって真犯人へと向かっていく疾走感は最高。短篇集の最後を締めくくる一篇に選ばれたのも納得の出来栄えだ。ちなみに（またしても〝ちなみに〟だが）その非警察官のプロが『果つる底なき』の重要人物であることを、やはり付記しておく。

以上五作、改めて読み直してみると、トリックがあり、警察捜査があり、ミステリとしての色の濃さが目につく。同時に、その質の高さも感じられて、やはり江戸川乱歩賞という圧倒的に歴史のあるミステリの賞を受賞した作家であることを再認識させられる。現在の作品では、そうした才能を露骨に示すことはないが、伏線の張り方や真相の見せ方に、そうしたセンスが顕《あらわ》れていることに気付く方も少なくなかろう。また、本書では犯罪者が明示的に扱われているが故に、真っ当に歩いていたはずの道を踏み外した登場人物もくっきりと描かれている。物語のなかでそうした人物をどう活かすかは、ミステリかそうでないかで異なるが、彼らの心のリアリティは、さすがに池井戸潤という生々しさと説得力だ。ミステリの魅力と人間ドラマ、その両方を満喫できる短篇集なのだ。

そんな一冊だからこそ、敢えていいたい。本書は珠玉の〝銀行ミステリ集〟である。

本書は二〇〇四年八月に小社より刊行された文庫の新装版です。

|著者| 池井戸 潤　1963年岐阜県生まれ。慶應義塾大学卒。'98年『果つる底なき』で江戸川乱歩賞を受賞しデビュー。2010年『鉄の骨』で吉川英治文学新人賞、'11年『下町ロケット』で直木賞を受賞。主な著書に「半沢直樹」シリーズ、「下町ロケット」シリーズ、「花咲舞」シリーズ、『空飛ぶタイヤ』『ルーズヴェルト・ゲーム』『七つの会議』『陸王』『民王』『アキラとあきら』『ノーサイド・ゲーム』などがある。

銀行狐《ぎんこうぎつね》
池井戸《いけいど》 潤《じゅん》

2020年2月14日第1刷発行
2020年4月3日第2刷発行

講談社文庫
定価はカバーに
表示してあります

発行者――渡瀬昌彦
発行所――株式会社 講談社
東京都文京区音羽2-12-21　〒112-8001
電話 出版 (03) 5395-3510
　　 販売 (03) 5395-5817
　　 業務 (03) 5395-3615
Printed in Japan

デザイン―菊地信義
本文データ制作―講談社デジタル製作
印刷―――凸版印刷株式会社
製本―――株式会社国宝社

ISBN978-4-06-518716-6

講談社文庫刊行の辞

二十一世紀の到来を目睫に望みながら、われわれはいま、人類史上かつて例を見ない巨大な転換期をむかえようとしている。

世界も、日本も、激動の予兆に対する期待とおののきを内に蔵して、未知の時代に歩み入ろうとしている。このときにあたり、創業の人野間清治の「ナショナル・エデュケイター」への志を現代に甦らせようと意図して、われわれはここに古今の文芸作品はいうまでもなく、ひろく人文・社会・自然の諸科学から東西の名著を網羅する、新しい綜合文庫の発刊を決意した。

激動の転換期はまた断絶の時代である。われわれは戦後二十五年間の出版文化のありかたへの深い反省をこめて、この断絶の時代にあえて人間的な持続を求めようとする。いたずらに浮薄な商業主義のあだ花を追い求めることなく、長期にわたって良書に生命をあたえようとつとめるところにしか、今後の出版文化の真の繁栄はあり得ないと信じるからである。

同時にわれわれはこの綜合文庫の刊行を通じて、人文・社会・自然の諸科学が、結局人間の学にほかならないことを立証しようと願っている。かつて知識とは、「汝自身を知る」ことにつきていた。現代社会の瑣末な情報の氾濫のなかから、力強い知識の源泉を掘り起し、技術文明のただなかに、生きた人間の姿を復活させること。それこそわれわれの切なる希求である。

われわれは権威に盲従せず、俗流に媚びることなく、渾然一体となって日本の「草の根」をかたちづくる若く新しい世代の人々に、心をこめてこの新しい綜合文庫をおくり届けたい。それは知識の泉であるとともに感受性のふるさとであり、もっとも有機的に組織され、社会に開かれた万人のための大学をめざしている。大方の支援と協力を衷心より切望してやまない。

一九七一年七月

野間省一